미친 실패력

나는 결코 실패가 두렵지 않다

미친 실패력

초판인쇄	2017년 5월 02일
초판발행	2017년 5월 08일

지은이	황상열
발행인	조현수
펴낸곳	도서출판 더로드
마케팅	최관호 조재호 신성웅
표지&편집 디자인	오종국 Design CREO

ADD	경기도 고양시 일산동구 백석2동 1301-2
	넥스빌오피스텔 704호
전화	031-925-5366~7
팩스	031-925-5368
이메일	provence70@naver.com
등록번호	제2016-0001126호
등록	2016년 06월 23일
ISBN	979-11-87340-21-8-03810

정가 15,000원

미친 실패력

나는 결코 실패가 두렵지 않다

———

황상열 저

도서
출판 **더 로드**
The Road Books

"성공으로 가는길"

나는 이 책을 통해 내가 겪은 실패와 도전을 말하고자 한다.
수많은 젊은이들, 그리고 실패의 아픔으로 힘들어하는 많은 사람들이 이 책을 통해
다시 일어설 수 있는 용기와 힘을 얻을 수 있다면 더 바랄 것이 없겠다.

이제 불혹의 나이가 되었다. 백세 인생이
라면 아직 절반도 채 살지 않았다.

지금까지 살아오면서 가장 크게 깨달은 것이 있다면, 인생이란 실
수하고 실패하고 깨지고 넘어지는 일상의 연속이라는 사실이다. 그 좌
절과 절망 속에서 조금씩 이뤄내고, 성과를 만나기도 한다.

어릴 적부터 좋아하는 것은 지독할 정도로 시도하고 도전했지만,
하기 싫은 일이나 두렵다고 느끼는 것은 아예 쳐다보지도 않았다. 내
가 좋아하는 일들은 몇 번의 실패와 실수를 거듭해도 결국 끝까지 이
뤄냈지만, 그 반대의 경우에는 도전조차 없었으니 당연히 결과도 만들

어낼 수 없었다.

사람이 하고 싶은 일만 하면서 살아갈 수는 없는 노릇이다. 싫어도 해야 하고, 두려워도 부딪쳐야 하는 것이 인생이다. 문제는 도전하는 만큼 실패와 아픔도 커진다는데 있다.

지금까지 살아온 과정을 기억하고 정리하다보니 수많은 실패와 실수가 머릿속을 스쳐간다. 대학 졸업반 시절 취업을 위해 많은 기업에 지원했지만 다 실패하고 결국 작은 회사에서 처음 시작하게 했던 기억, 월급이 밀리고 여러 번의 이직을 하면서 어디에도 안착하지 못한 채로 방황했던 기억, 그래도 다시 새 직장으로 옮겨서 일을 하게 된 기억 등 수많은 실패와 좌절을 겪으면서 절망하기도 했다. 그러나 지금 생각해보면 그 실패 하나하나가 지금의 나를 만들어 주었고, 앞으로도 나를 완성시켜줄 밑거름이 될 것이 분명하다. 실패는 반드시 어떤 식으로든 삶에 도움이 된다. 이것이 바로 이 책에서 말하고자 하는 핵심 내용이다. 수많은 실패, 그것은 길고 긴 마라톤 인생의 한 과정일 뿐이다.

초라한 인생은 도전 없는 삶이다. 벽은 항상 도전하는 사람의 앞에 나타나며, 세상 모든 벽은 문으로 통하게 되어 있다. 대부분의 사람들은 성공을 바라며 실패를 두려워한다. 나도 굳이 선택하라면 당연히 실패보다는 성공을 만나고 싶다. 그러나 성공이란 열매는 반드시 실패의 줄기를 거쳐야만 만날 수 있는 결과물임을 잊지 말아야 한다. 한 번도 넘어지지 않고 자전거를 배운 사람은 없다. 넘어지는 실패를 통해 자전거 타는 법을 배우게 되는 것이다.

세상 모든 성공한 사람들의 이야기에는 반드시 실패의 경험이 포함되어 있다. 사람들은 성공에 열광하는 것이 아니라, 실패의 극복이라는 스토리에 더욱 관심을 갖는다. 그만큼 모든 사람들이 흔하게 실패를 만난다는 얘기가 될 수 있겠다.

시행착오도 겪고, 사업에 망하기도 하고, 건강을 잃어보기도 한 사람들이 결국 상처와 고통을 딛고 일어나 다시 도전했을 때 성공이라는 거룩한 열매를 만나게 되는 것이다.
실패는 누구나 만나게 되는 삶의 필수적인 과정이다. 피해갈 수 있는 방법을 배우는 것이 아니라, 받아들이고 견디며 이겨내는 법을 배워야 한다.

필자는 이 책을 통해 내가 겪은 실패와 도전을 말하고자 한다. 수많은 젊은이들, 그리고 실패의 아픔으로 힘들어하는 많은 사람들이 이 책을 통해 다시 일어설 수 있는 용기와 힘을 얻을 수 있다면 더 바랄 것이 없겠다. 끝으로 이 책을 쓸 수 있게 도와준 글사랑 여러분과 가족에게 감사를 드리고 싶다.

2017. 4

저자 **황상열**

Contents | 차 례

Chapter

01

최대한
빨리 실패하라

과연 실패란 무엇일까?

사람들이 생각하는 실패는
파산, 파혼, 실직, 시험실패등 이런 큰 것만
생각할 수 있을지도 모르겠다.
하지만 인생에서 일상에서 벌어지는
일에서도 작은 실패가 더 많다.

01

과연 실패란 무엇일까?

업무에서 발생하는 작은 실패든,
인생에서 크게 벌어지는 실패든 지금 당장 무슨 일이 잘못되었다고
그것이 실패라고 보지 않았으면 한다.

2015년 3월, 보통 때와 다름없이 사무실에서 업무를 보던 중 한통의 전화를 받았다. 2014년 가을부터 야심차게 시작했던 전원주택 개발사업 프로젝트에 중대한 문제가 생겨서 빨리 조치를 취하라는 발주처 담당자였다. 사전 검토시에도 개발이 가능할지 예측이 되지 않아 여러 번 관련법규를 찾아보고, 당해 지자체에 가서도 협의를 하여 대안을 찾아 힘들게 시작한 사업이다. 마을과 좀 떨어진 산 하나를 다 날려서 개발한다고 하니 어느 누가 납득을 할 수 있었을까?

그래도 의뢰를 받은 입장에선 어떻게든 사업을 가능하게 하도록 해야하니 여러 각도에서 바라볼 수 밖에 없었다. 그렇게 착수했던 일이 관련 인허가도 우여곡절 끝에 마치고 나서 이제 막 공사시작을 앞두고

터진 문제였다.

부리나케 하던 업무를 미루고 발주처 담당자를 만나러 갔다. 역시나 문제가 터지고 난후 그를 만나러 가는 길은 초조했다. 어떤 문제가 또 생긴건지 머리가 아프다. 그 동안 여러 인허가를 진행하면서 이것보다 더 큰 실패도 있었는데, 매번 마주할 때 마다 쉽게 극복이 되지 않는다. 아마 필자가 가진 천성으로 인해 받아들이는 것이 아직도 적응이 잘 안된다. 그냥 만나면 담담하게 받아들이고, 아직 어떤 문제도 일어나지 않는 것을 위로하면서 차를 몰았다.

담당자를 만나자 다짜고짜 소리치면서 회의실 문을 닫는다.
"대체 사전 검토시에 제대로 검토를 한건 맞습니까? 개발이 가능하다는 지역이라고 인허가도 끝냈고, 이제 공사착공 하려고 준비하고 있는데, 문화재가 묻혀 있는 지역이라니요. 분명히 문화재 지표조사도 하지 않았습니까?"
순간 머리가 멍해진다. 문화재 지표조사는 문화재법상 사업면적이 30,000㎡ 이상시에만 하게 되어 있다. 그런데 우리 사업지는 10,000㎡ 이하로 당연히 관련법규에 저촉되지 않아서 문화재 지표조사는 사업 진행에서 제외하였다. 다만 전체 사업지 개발 면적은 100,000㎡가 되어 전체를 개발하는 것 자체가 불가하여 단계적으로 진행하던 터였다.

인허가 진행시 문화재에 대한 언급은 단 한번도 지자체에서 한 적이 없었는데, 이제 와서 문화재가 묻혀 있다고 다른 이야기를 한 것이다. 아마도 인허가 진행시 지자체 문화재 담당부서와 협의를 못했던 것이 화근이었다. 필자도 이런 일은 처음이다 보니 머리는 하얘지고 당장 어떻게 해야할지 떠오르지 않았다.

필자의 현재 하는 직업은 진행하고 있는 땅을 어떻게 개발하고 계획하여 관련 인허가를 낼 수 있게 도와주는 일이다. 좀더 기술적인 용어로 도시계획 · 토지개발 인허가를 진행하여 토지주들이 자기가 가진 토지 재산 가치를 올려줄 수 있도록 도와주는 에이전트라고 보면 된다. 당연히 토지주 의견이 강하게 들어갈 수 밖에 없고, 을의 입장에서 매번 개발사업의 리스크를 줄이기 위해 여러 방면으로 검토한다. 그러나 개발사업은 어떤 돌발상황이 생기게 되면 사업 자체가 실패할 수도 있다. 나도 성공한 사업도 많지만, 실패한 사업도 수없이 경험하던 터였다. 그러나 실패한 케이스는 다양하여 거기에 일일이 대처하는 것도 쉽지 않는 일이다.

이번 경우도 그렇다. 관련법규에서 하지 말라고 되어 있는 걸 맞추어서 진행하여 인허가도 다 끝났다. 사실 내가 하는 역할은 여기까지고, 공사 착공은 건설사에서 알아서 할 일이다. 책임전가를 하고 싶었지만, 문화재 지표조사도 엄연히 인허가 영역이므로 나도 벌어진 일을 수습할 수 밖에 없었다.

발주처 담당자에게 욕은 욕대로 먹으면서 일단 나는 진정하고 상황을 좀더 알아본다고 하여 당장 관련 지자체 문화재 담당에게 찾아갔다. 나는 "인허가가 다 끝난 시점에서 문화재가 묻혀 있다고 공문을 보내어 공사를 하지말라고 하는 게 어딨냐?"고 따지듯이 물었다. 관련 법규에도 저촉되지 않아 당연히 하지말라고 해서 사전검토때도 답변을 받았다고 같이 의견을 개진했다.

필자의 질문에 담당자는 "그때는 법규로만 해석하다 보니 하지말라고 한 것이고, 인허가 진행시 지표조사를 하지 않아도 관련부서 협의는 진행을 해야지 왜 안해서 이런 사단을 만든 것이냐? 그건 일을 맡아서 대행해 주는 설계사가 잘못한 게 아니냐!"라고 했다. 이 말을 들어보니 문화재 담당자에게 잘못이 없었다. 인허가를 담당하는 주무부서 담당자가 문화재과로 이 개발사업에 대한 협의를 보내지 않아서 비롯된 실수였다. 다시 인허가를 담당했던 주무부서 담당자에게 찾아가서 상황설명을 했다. 분명히 문화재과에 협의를 보내지 않아도 된다고 사전검토시에도 답변을 듣고 갔는데, 이제와서 이런 문제가 생겼는데 어떻게 처리해야 하냐고.. 진짜 내 입장에서 너무 억울하고 또 실패한 생각이 들어서 울먹이면서 말을 했다. 역시 반응은 똑같다. 주무부서 담당자도 문제가 없다고 하니 보낼 필요가 없었다는 의견만 낼 뿐이다.

　시청을 나오면서 어이없는 상황을 어떻게 풀어야 할지 울고만 싶었다. 회사 상사에게 보고했더니 오히려 내가 잘못 검토해서 이 사단이 난거 아니냐면서 경력이 얼만데 매번 실패, 실수만 하냐고 난리다. 같이 고민하여 해결책을 마련해 주는 것도 아니면서 말이다. 다시 발주처 담당자와 통화한다. 당장 해결하라고 또 난리다. 문화재 지표조사를 다시 해야 할 것 같다고 담당자에게 이야기했더니 지금 이 사업에 들어가려고 투입된 비용이 얼마인데 추가로 인허가를 또 받는 게 말이 안된다고 난리다. 발주처 입장에선 당연히 그럴 수 있다고 판단되었다. 본인들이 잘 모르니 이런 일을 하는 전문업체에게 일을 맡겨놓았는데 제대로 하지도 못하고 돈만 더 들어가니 얼마나 답답했겠는가? 필자는 하라는 데로 했고, 관련 법규에 아무런 저촉도 되지 않아 수행하지 않았다. 상사에게 전화를 걸어 변명거리를 찾아서 "저는 하라는 대로 했구요. 원래 이렇게 될 일이 아니었는데 지자체 공무원이 일을 잘못해서 실패한 겁니다." 제 책임은 아니라고 판단되어 나 자신을 변호하기에 급급했다. 지금 생각해 보면 관련법규에 저촉되지 않아도 한 번 더 짚어보고, 문제가 생겼을 땐 나의 책임도 있으니 적극적으로 해결하기 위해 노력을 해야 했다. 그러나 이 전화 한통 이후 계속 내 책임은 없으니 위에서 해결해 달라고만 주장했다.

결국 실무적으로 해결할 수 없어 윗선에서 지자체 문화재과 책임자와 만나서 술도 사주고 로비를 하니 다행히 착공할 수 있었다. 이 후 실무 책임자는 다른 사람과 교체되었고, 필자는 발주처와 회사에서 매번 실수만 하는 직원으로 또 낙인이 찍혀버렸다.

몇 번의 이직을 거치면서 이런 일로 실수를 한 것만 5~6번이 넘었다. 일 자체는 즐거웠지만, 실수할 수 있는 여러 변수가 많기 때문에 늘 조마조마하고 스트레스를 달고 살았다. 객관적으로 관련법규에서 있는 그대로 한 것 뿐인데, 이 법을 해석하는 사람들은 다 본인위주로 해석하다 보니 늘 실수와 문제가 생길 수 밖에 없는 구조다. 필자는 이런 일로 실수와 실패를 반복하다 보니 욕 먹을 때마다 위축되어 과연 나에게 맞는 일일까 반문하곤 했다. 그래도 할 줄 아는 일이 이것밖에 없어서 혼자 위안 삼으며 버텨왔던 것 같다.

과연 실패란 무엇일까? 위에 필자가 겪었던 경험은 남들이 보기엔 아주 작은 실패처럼 보일 수 있다. 사람들이 생각하기엔 실패는 파산, 파혼, 실직, 시험실패등 이런 큰 것만 생각할 수 있을지도 모르겠다. 하지만 인생에서 일상에서 벌어지는 일에서도 작은 실패가 더 많다. 실수라고 생각할 수 도 있을 것이다. 유명한 목사인 로버트 슐러는 "실패는 당신이 아직 성공하지 못했음을 의미할 뿐이다. 실패는 아무것도 성취하지 못했다는 걸 의미하지 않고, 다만 무엇인가를 새로 배웠음을 의미할 뿐이다. 실패는 위신이 손상된 것을 의미하지 않고, 다만 무엇인가를 용감히 시도했었음을 의미할 뿐이다. 실패는 당신이 틀렸다는 것을 의미하지 않고, 다만 다른 방법으로 해야 할 것을 의미할 뿐이다. 실패는 인생이 낭비했다는 것을 의미하지 않고, 다만 다시 출발해야 할 좋은 이유를 가지고 있음을 의미할 뿐이다. 실패는 이제 포기해야 된다는 것을 의미하지 않고, 다만 당신이 더 열심히 해야 한다는 것을 의미할 뿐이다. 실패는 결코 해낼 수 없음을 의미하지 않고, 다만 시간이 더 오래 걸릴 뿐임을 의미할 따름이다."라고 나름대로 정의하고 있다.

필자가 생각하는 실패도 비슷하다. 업무에서 발생하는 작은 실패든, 인생에서 크게 벌어지는 실패든 지금 당장 무슨 일이 잘못되었다고 그것이 실패라고 보지 않았으면 한다. 당장 쉽게 받아들이는 것이 어렵고 힘들 수 있다. 다만 그 실패가 주는 의미가 본질적으로 무엇인지 먼저 객관적으로 받아들이고 판단해 보는 것이 매우 중요하다.

02

지금 실패하지 않으면 위험하다

인생을 다시 산다면 나는 똑같은 실수를 조금 더 일찍 저지를 것이다.
- 탈룰라 벵크헤드

1996년 고등학교 3학년 시절 4번째로 치루는 대학 수학 능력시험으로 대학입시를 준비하던 필자는 이 시험에 적응하는 것이 무척 어려웠다. 암기과목에 자신이 있었던 나는 예전 학력고사 문제 스타일로 돌아갔으면 하는 소원을 빌기도 했다. 1994년 암기위주의 교육으로 창의력이 부족하고 똑같은 인재만 나온다는 폐해를 없애기 위해 입시제도를 바꾸었다. 그래서 나오게 된 대학 수학 능력시험은 암기보다는 어떤 주제를 가진 문제를 읽고 이해를 하여 답을 찾는 방식이었다. 어릴때부터 이해력이 부족했던 필자는 오로지 외우는 방식으로 공부를 하다 보니 내신은 반에서 1, 2등을 다투었으나, 수학 능력시험 모의고사를 보면 늘 10위권 밖이었다. 그 당시엔 이 성적 스트레스가 상당히 심해서 밤에 잠을 못 이룰 정도였다.

문제점을 찾아서 풀어본 문제를 다른 시각에서 또 풀어보면서 나의 해결책을 찾기 시작했다. 이런 방식으로 공부하다 보니 수능 모의고사를 원래 잘 보던 친구들 성적에 조금이나마 근접할 수 있었다. 마지막 모의고사 에서는 반 석차 3등까지 끌어올려서 원래 지망했던 학교와 학과에 갈 수 있을 거란 희망도 가지게 되었다. 그러나 정작 본 수학능력시험에서 성적이 기존 모의고사 보다 훨씬 밑돌 정도로 성적을 받았다. 성적표를 받던 날은 부모님 얼굴을 볼 수 없어서 친구들과 밖에서 한참 이야기하다 밤늦게 집에 들어왔다. 사춘기 시절부터 사이가 별로 좋지 않았던 아버지께 먼저 말씀을 드렸더니 바로 재수 준비에 들어가라고 호통을 치셨다. 아직 대학 정시 모집이 끝나지도 않았는데, 오로지 좋은 대학을 가야 너의 인생이 달라진다고 하시면서 당장 재수학원에 등록하자고 하셨고, 어머니는 일단 결과를 기다려보자며 아무 말씀이 없으셨다.

나는 아버지의 말씀에 또 화가 나서 "제 인생은 제가 알아서 하겠습니다. 제가 가고 싶은 대학은 점수에 맞추어 갈겁니다. 신경쓰지 마시고, 등록금이나 내 주십시오!"하고 내 방으로 그냥 들어가 버렸다. 이런 행동에 아버지는 어이없어 하시면서 네 맘대로 다 하라고 하시면서 밖으로 나가셨다. 지금 생각해 보면 참 철없는 행동이었다.

내 일은 내가 알아서 한다고 해놓고, 등록금은 또 부모님께 달라하고.. 입시에 실패해 놓고 적반하장식으로 부모님께 짜증을 내기만 했다. 대학 및 학과 선정시에도 혼자 담임 선생님과 점수에 맞추어 골랐다. 대학 입시 서류도 혼자 준비하고, 어머니께 필요한 돈만 받아갔다. 아버지를 마주치기 싫어서 매일 늦게 친구 집에서 놀다가 들어갔다. 아버지도 아마 하나뿐인 아들이 잘 되길 바라는 마음에서 그렇게 하신 건데, 그 때 필자는 서운해기만 했다. 내 실패를 받아들이기도 힘들었다. 사실 아직 지원한 대학시험 발표가 다 나온 것도 아닌데, 실패를 속단했다. 나는 재수는 죽기보다 싫었다. 그래서 한번에 합격한 대학에 입학하게 되었다.

지금 생각해보면 그리 실패한 일도 아니지만, 19살의 필자는 실패라고 받아들이고 매일 내 노력이 부족하다고 자책했다. 운도 나쁘다고 하늘을 보면서 친구들에게 하소연을 했다. 어릴 때부터 딱 그나이에 뭘 해야 한다고 정해놓고 살다 보니 그 기준에 도달되지 않을때는 실패라고 여겼다. 고등학교를 졸업하고 소위 말하는 명문대에 진학하는 것이 목표였다. 초등학교 시절부터 공부를 곧잘 했던 나는 부모님 기대에 늘 부응하기 위해 중학교에 가서도 모범생으로 살았다. 사춘기를 거치면서도 내 뚜렷한 목표가 있었기에 공부에서 손은 놓지 않았으나, 고등학교에 진학하고부터 바뀐 입시제도에 적응하기가 쉽지 않았다. 남들이 보기엔 지금 나온 대학도 괜찮은데, 왜 그렇게 자신에게 실패한 것이라고 여기는지 이해를 못하는 독자도 계실 것이라 본다. 그 당시에는 좋은 대학을 못 간 것이 실패라고 당연히 여길 수 밖에 없었던 것은 필자가 원하는 오직 한곳만 보고 달려왔기 때문이었다.

대학에 들어가고 나서도 공부는 뒷전이고 매일 미팅에 쫓아다니고 술자리가 있으면 언제든 달려갔다. 술자리에서 나와 같은 동병상련인 친구들 이야기를 듣고 조금이나마 위안을 찾곤 했다. 그 중 한명은 학교 시절엔 입시에 실패했다고 생각했으나, 자기는 오히려 명문대학에 가지 않은 게 다행이라고 여겼다. 이후 자신만의 방식으로 실패를 기회로 바꾸어 지금은 대기업에 잘 나가는 유능한 직원으로 주변에서 평이 아주 좋다. 나도 오히려 그때 명문대학에 가지 못한 걸 불행 중 다행이라고 여기고 있다. 그 때 입시 결과에 대해 실패라고 여기면서 학교에서 열심히 공부하여 현재 이렇게 살고 있는게 잘 된 일이라고 여기고 있다.

그 이유는 나나 내 동기나 처음에는 실패라고 여겼지만, 스스로 실패한 이유를 찾고 거기서 어떻게 하면 더 좋아질 수 있을지 방법을 찾았기 때문이다. 물론 실패라고 단정짓고 받아 들이기까진 어느 정도의 시간이 걸렸지만 말이다. 긴 인생으로 보았을 때 어린 시절에 실패의 경험도 나쁘지 않다고 본다. 시행착오는 많이 겪을수록 시야도 넓어지고 내공이 쌓이기 때문이다.

필자 주변을 봐도 고등학교 때 한참 나쁜 친구들과 어울리고 방황을 많이 했던 친구는 지금은 오히려 그 때의 실패가 약이 되어 지금은 잘 나가는 기업체 사장으로 있다. 거꾸로 평생을 모범생으로 지냈던 나의 중학교 선생님은 필자가 중학교 졸업 후 약물중독으로 사망하신 사례도 있다. 뒤늦게 자기 인생에 대해 방황하다가 결국 비극으로 삶을 마감했다. 나의 경우도 학창시절엔 모범생으로 지내다가 대학 입시 실패 후 오랜세월을 방황하다가 35살 이후로 조금씩 나의 길을 찾아갔으니 오히려 전화위복이 된 셈이다.

대학을 졸업하고 나서도 바로 대기업, 공기업으로 잘 들어간 친구들과 달리 계속 낙방한 끝에 작은 설계회사에 취업하게 되었다. 일단 먹고 살기 위해서 취업을 해야 하는 상황이라 들어가긴 했지만, 끊임없이 잘된 친구들을 부러워 하면서 실패라고 단정지었다. 그러나 미리 중소기업에 취업을 해 본 경험이라고 생각하면서 꿋꿋이 견디다 보니 오히려 일에 대한 기회가 많아졌다. 사실 필자보다도 지금 현실에 처해 있는 후배들이 더 취업이 힘든 시기이나 이것저것 따지지 말고 미리 실패를 경험해 보는 것도 추후 인생을 위해서도 나쁘지 않다고 본다. 지금 돌아보니 그 당시 대기업에 들어갔던 친구도 간판만 보고 생활하다 보니 적성에 맞지 않아서 본인 스스로가 실패라고 생각하면서 과감하게 때려치고 자기만의 사업을 하고 있다.

국내 유일의 관점 디자이너인 박용후 작가의 《관점을 디자인하라》에서 "인생은 누구에게나 직선이 아니라 S자 곡선이다.

지금 좌절해 있는 사람이건 지금 성공해서 행복해하며 샴페인을 터뜨리는 사람이건 간에 지금의 성공이나 실패가 언제까지나 계속되지 않는다는 사실을 명심해야 한다.

언제까지 성공의 가도를 달리는 사람은 없으며, 실패했다고 해서 인생이 그렇게 끝나는 것도 아니다. 실패하면 그 자리가 끝인 것 같지만 조금 더 지나가면 전환점이 나타나고, 지금까지와는 다른 새로운 길이 나타난다. 오히려 젊은 시절에 실패하는 것이 추후 인생을 살아가는 데 있어서 도움이 될 것이다."라고 젊을 때 실패하는 것이 오히려 좋다고 역설하고 있다.

젊어서 실패는 성공의 어머니라고도 하지 않나? 젊다는 건 그만큼 기회도 많고, 실패할 확률도 높다. 이것이 무섭다고 아무것도 하지않고 있다면 그게 제일 실패라고 생각한다. 한 살이라도 더 적을 때 조금이라도 더 젊다고 느낄 때 뭔가를 시도하여 실패하고 넘어지면서 배우는 게 더 좋다고 생각한다. 지금 상황이 좋다고 안주하지 말고 무엇인가를 해야 한다면 지금 당장 시도해 보자. 실패한다 해도 나중보다 훨씬 본인에게 약이 될 것이다. 중년이 되어 인생에 대해 방황하는 것도 나쁘진 않으나, 나이 40이 넘도록 방황한다는 것은 그만큼 미리 젊을

때 실패를 많이 해 보지 않았기 때문이다. 늦기전에 실패와 삶의 경험
을 쌓아 성공의 길로 달려가시길 바란다.

03

실패는 포기가 아니다.

나는 내 농구 경력에서 9000개 이상의 골을 넣지 못했다.
나는 거의 300경기에서 졌다. 나는 26번 승리를 위한 골 기회를 주어졌을 때 넣치 못했다.
나는 내 인생에서 실패하고 실패하고 또 실패했다.
그리고 그것이 내가 성공한 이유다. - 마이클 조던

어릴 때부터 필자는 책읽기를 좋아했
다. 특히 위인들의 이야기를 반복해 읽으면서 그들이 처음에는 실패하
지만 나중에 성취하는 이야기를 보고 커서 저렇게 되어야겠다고 다짐
하곤 했다. 중·고등학교 시절에는 삼국지, 대망, 삼국기등과 같은 역
사소설등을 읽으면서 다양한 인간군상에 대해 파악하곤 했다. 대학에
들어가고 나서는 판타지 소설에 심취하였다. 군대가기 전까지 방학때
는 아르바이트, 친구를 만날 때를 제외하곤 판타지 소설만 읽었다. 이
에 그치지 않고 그 당시에 유행했던 PC통신의 판타지 소설 카페에 가
입하여 직접 소설을 써서 올리기도 했다. 처음 올린 거 치고 꽤 반응이
있었지만, 소재의 고갈과 나의 한계로 첫 소설쓰기는 거기서 끝이었
다. 책을 한 번 내보자는 첫 도전은 그렇게 끝이 났다.

이후 취업준비 및 사회생활을 하면서 책을 거의 가까이 하지 않았다. 일에 치이고, 회식, 접대, 친구들과의 술자리등으로 시간을 보내다 보니 가끔 책을 사더라도 한 두장 읽고 책장에 넣기 바빴다. 이러다 인생의 고비에서 경제적인 어려움과 몇 번의 실패를 겪은 후에 다시 책을 통해서 답을 구해 보자고 결론을 내고, 처세술과 성공학에 관련된 자기계발서를 읽었다. 이때 읽은 책들이 《인생에 변명하지 마라》, 《서른과 마흔사이》, 《이젠 책쓰기다》, 《1인 기업이 갑이다》, 《새벽 내 인생의 가장 소중한 시간》, 《이젠 뭘하고 살지?》 등이었다. 이런 책을 읽으면서 나를 다시 한번 돌아보게 되고 앞으로 인생에 대한 방향을 다시 설정할 수 있었다.

또 여기에 이런 나의 경험을 책으로 써 보면 어떨까 하는 생각도 들었다. 판타지 소설을 써서 책을 내고 싶었던 나의 도전이 이젠 자기계발서로 옮겨간 셈이 되었다. 이 시기는 즉시 결정하면 바로 실행에 옮기는 스타일이기 때문에 자기계발서는 어떻게 써야 할지 바로 인터넷 검색에 들어갔다.

그래서 필자의 두 번째 책쓰기 도전이 시작되었다. 일단 무엇인가를 하기 위해서 방법을 찾는 것이 순서이다. 나는 책쓰기에 대한 방법을 알기 위해 먼저 책쓰기에 대한 책을 찾아서 읽어보기 시작했다. 먼저 어떤 책을 쓸지 컨셉을 잡고, 어떤 장르를 쓸지 선택한다. 그 후 초고를 쓰고, 탈고 후 출판사 피칭을 통해 출판까지 하는 절차로 책쓰기는 완결된다. 이러한 내용이 대부분으로 책쓰기 강좌가 있다고 책에 홍보가 되어 직접 강좌를 듣기로 했다. 몇 개의 강좌를 찾아보고 이 중 가장 괜찮은 2개의 강좌를 택하여 들어보기로 했다.

그 후 2개 강좌의 일일특강에 참석하여 책쓰기에 대한 전반적인 강의를 듣게 되었다. 한 개의 강좌에서 공동작가로 참여하면 책을 낼 수 있다 하여 일단 맛보기로 신청을 했다. 전체 원고가 아닌 일부 원고를 써서 보내면 다른 작가들이 쓴 원고와 함께 묶어서 한권의 책이 되는 시스템이었다. 원고를 써서 보내니 2달 뒤에 한권의 책이 나오게 되었다. 비록 공저이지만 작가라는 타이틀로 이름이 들어가서 출판이 된 책을 보니 감회가 새로웠다. 한 번의 실패는 있었지만 책쓰기를 포기하지 않고 또 시도했더니 나온 결과물이었다. 남들이 보기엔 하찮게 생각할 수도 있지만 필자에겐 큰 경험이자 기쁨이었다.

그 후 개인저서로 자기계발서를 내기 위해 계속 도전하였다. 1개 강좌를 골라서 과감하게 투자하고, 3달여 책쓰기 수업을 들으면서 전반적인 내용을 숙지했다. 처음에 컨셉잡고, 목차 잡는 과정, 출판 기획서 작성등에 대한 과제를 하면서 계속 고민하고 도전했다. 작업을 하면서 좌절하기도 했지만, 그래도 한번 해보자는 생각에 계속되는 실패에도 하나씩 완성해 나갔다. 수업이 끝나기 얼마전부터 원고를 쓰기 시작하였다. 모든 강좌가 마무리되고 나서 2달안에 초고를 완성하자는 목표 아래 업무, 집안일등을 빼곤 고스란히 초고 쓰는 데 집중하였다.

초고 완성 이후 책쓰기 강좌에서 개별적으로 도와주겠다 해 놓고, 강좌가 끝난 이후는 서운할 정도로 무관심했다. 차라리 필자가 쓴 초고가 책이 안된다고 했다면 마음이라도 좀 덜 아팠을텐데.. 아무런 이유도 모른채 개인저서를 곧 낼 수 있다는 나의 꿈은 산산조각나고 좌절할 수 밖에 없었다. 그런데 이대로 도저히 물러설 수 없는 생각에 포기하지 않고 개인저서를 출판할 수 있는 방법을 찾아보자고 결심했다. 이후 100여군데가 넘는 출판사에 원고를 보내고 검토받았으나 거절당했다. 굴하지 않고 끝까지 찾다보면 내 원고를 가지고 책을 낼 수 있는 곳이 있다고 믿었다. 그렇게 3개월을 찾다가 2015년 12월 어느날 출판계약을 맺고 몇 차례 교정 후 2016년 4월에 첫 책《모멘텀》이 나오게 되었다. 저자 증정본으로 첫 책이 집에 오던 날 책을 받고 나니 눈물이 핑 돌았다. 몇 번의 실패를 겪더라도 포기만 하지 않는다면 결국 결실을 맺게 된다는 교훈을 직접 얻게 되었다.

또 부끄러운 이야기지만 필자가 하고 있는 일에 관한 자격증도 늦은 나이에 따게 되었다.

보통 대학 졸업반때 취업을 위해 따는 기본 자격증인데, 필자는 이 것도 준비하지 않은 채 사회생활을 하게 되었다. 사원, 대리때도 일하면서 자격증을 취득해야지 말만 하고, 노력은 하지 않은 채 매번 실패했다. 하다가 중간에 포기하니 당연히 결과는 없고 매번 원점으로 돌아갔다. 쏟아부은 돈, 시간이 아까울 지경이었다. 4월에 첫 책이 나오고 나서 위에 언급한 대로 그 교훈을 벗삼아 포기하지 않는다면 딸수 있을 거라 믿었다. 물론 노력이 수반되는 것은 기본이다. 결국 12년을 끌었던 업무 자격증을 이번 여름에 따게 되었다. 실패하더라도 계속 포기하지 않고 준비한다면 언젠간 결과를 낼 수 있다는 또다른 나의 경험이었다.

어린시절 책을 읽고 독후감을 쓰는 버릇이 있었다.

위인전이나 역사책을 보고나면 원고지에 그 사람이나 사건에 대해 간단하게 필자의 느낌을 쓰곤 했다. 크고 나서도 책을 읽고 나면 그 책에 대한 리뷰나 내가 느낀 느낌들을 공책에 기록하곤 했다. 크게 양식에 구애받지 않는 선에서 간단하게 그 책에 대한 소개, 인상깊은 구절, 읽고난 느낌등을 적었다. 작년 연말부터 책쓰기 수업에서 알게된 작가님들의 책을 먼저 읽고 블로그에 책에 대한 리뷰 및 독후감을 포스팅해보기로 했다. 두서없이 적어놓은 독서노트와 밑줄 쳐 가면서 본 원래 책을 펴 놓고 내 나름대로 리뷰를 작성하여 올렸다. 처음에는 그냥 단순하게 책에 대한 소개와 간략한 느낌만 적었다. 독서노트에 쓴 것보다도 더 못한 결과물이 나왔다. 어릴 때 썼던 독후감 수준에 머물렀다. 당연히 포스팅한 글을 보는 이웃들은 당연히 이게 성인이 쓴 리뷰가 아니라고 판단할 것이다. 더 나아가 글 참 못 쓴다고 생각했을 지도 모른다.

필자가 쓰면서도 내 글에 대한 자신이 없었기에 위축이 되어 실패라고 생각하고 더 이상 쓰지 말자고 판단했다. 그래서 책을 읽고도 독서노트에 끄적이기만 했고, 블로그에 포스팅할 자신이 없어서 며칠을 올리지 못했다. 그러나 책 한권 한권 읽으면서 리뷰를 쓰는 것도 글을 쓰는 데 더 도움이 될 것이라는 생각이 들었다. 다른 사람이 쓴 리뷰도 찾아서 어떻게 썼는지 쭉 읽어보고, 온라인 서점에 올라온 서평도 참고하였다. 이 시기에 꾸준히 썼던 감사편지와 독서의 양도 많아지면서 자연스레 글쓰기 연습이 많이 되었다. 다시 독서노트를 활용하여 글의 프레임을 짜고 거기에 맞는 책 소개, 인상 깊은 구절에 대한 나의 소감, 이 책이 지니는 가치등을 맞게 작성하였다. 필자가 보기에도 이제야 리뷰의 형식을 갖춘 글이 완성되는 것 같았다. 블로그를 보는 이웃분들이 지난 서평보다 잘 썼다고 하는 댓글을 보고 나서 아마 포기했더라면 이런 글을 다시는 쓰지 못했을 것이다.

농구천재 마이클 조던도 평생을 성공한 것이 아니다. 위에 언급한 짤막한 명언에도 있지만, 수많은 기회에서 골을 실패하고, 게임에서 졌지만 실패를 거울삼아 포기하지 않았다. 꾸준한 연습을 포기하지 않고 기회를 삼아 결국 전세계가 알아주는 농구천재가 되었다. 우리가 잘 알고 있는 유명한 스포츠 스타 선수들은 언급하지 않아도 계속 실패했지만 포기하지 않고 끝까지 연마하여 결과를 이루어낸 사례는 많다.

꼭 유명인이 아니더라도 현재를 살아가는 우리는 가끔 농구공을 잡고 잘못된 슛을 할 수도 있다. 또 뛰다가 넘어져 공을 놓치는 경우도 있을 것이다. 그 결과로 자신에게 부끄러워 포기하고 다시는 다른 시도를 하지 않는 경우가 허다하다. 생각을 바꾸어보라. 실패는 포기가 아니다. 포기하지 않는다면 실패는 또다른 기회를 만들 수 있다. 또 계속 실패하면서 포기하지 않는다면 언젠간 성과를 낼 수 있을 것이다. 어떤 일을 하면서 계속 실패하더라도 포기하지 않고 시도해 보는 연습이 중요하다.

04

실패할 기회를 찾아라!

길이란 걷는 것이 아니다. 걸으면서 나아가기 위한 것이다.
나아가지 못한 길은 길이 아니다. 길은 모두에게 열려있지만 모두가 그 길을
가질 수 있는 것은 아니다. – 드라마 〈미생〉중에서

2004년 대학에서 도시공학을 전공한 필자는 작은 설계회사에서 사회생활을 시작하게 되었다. 회사내 도시계획부에 배속된 필자는 7살 연상의 사수와 한 팀이 되어 일을 하게 되었다. 학교 다닐 때 적성에 맞지 않는 전공 분야 공부를 등한시하다 보니 다른 동기나 상사들에 비해 알고 있는 지식도 많지 않았다. 단지 취업을 하기 위해 4학년때 영어점수와 다른 자격증 공부에만 몰두하다가 취업에 실패하고, 뒤늦게 전공을 살려 취업해야겠다는 마음을 먹은 결과였다.

이런 결과로 처음에 사수가 업무를 지시하거나 물어보면 알고 있는 전공지식이 약하다보니 엉뚱한 방향으로 이해해 놓고 할 수 있다는 대

답만 했다. 잘못된 이해로 작업은 엉뚱한 결과물을 내놓고 다시 수정하기에 바빴다. 이후 매 순간순간마다 실수할까봐 두렵고 긴장하다 보니 상사가 먼저 가르쳐주었던 업무도 숙지하지 못하고 계속 같은 실수만 연발하여 혼나곤 했다.

대학교 진학시나 취업 후 일을 하고 있을 때나 필자는 지금 하는 이 도시계획이란 학문이, 업무가 맞지 않는점에 대해서만 초점을 맞추었다. 왜 매번 실수하고 실패하는 내 행위에 대해 고민하고 생각하지 않았다. 다만 필자가 지금 왜 이 일을 하고 있는 건지에 대해서도 진지하게 고민을 해 본 적이 없다.

지금 하는 일이 영 적성에 맞지 않는데, 단지 먹고 살기 위한 생계를 위해 전공을 살려 입사한 회사에서 일을 하는 것이 처음부터 마음에 들지 않게 바라보는 필자의 마음가짐이 문제였다. 입사 후 약 3개월 정도를 이 문제로 고민해도 뾰족한 대안이 없었다. 다른 일을 찾으려 해도 이미 월급을 받고 있었고, 돈을 버는 재미도 알게 되었다. 어차피 입사했으니 열심히 해 보고, 원래 처음부터 잘하는 사람은 없다고 생각을 바꾸기로 결심했다. 그리고 일을 하면서 전공에 대한 책도 더 찾아서 공부하고, 업무는 차차 손에 익숙해 질거라는 희망을 가지고 업무에 임했다. 스스로 마음을 바꾸어 먹고 어차피 모르니 업무에 실수하고 또 실패해야 업무를 배울 수 있는 기회가 있을 것 같았다. 그렇게 1년을 보내고보니 계속된 실패에서 무엇이 잘못되었는지 배울 수 있었고, 이후 업무에 빠르게 적응할 수 있었다.

그렇게 배우면서 업무에 어느 정도 적응되었을 때 회사의 경제적 상황이 갑자기 나빠지기 시작했다. 새로운 부서를 만들고 급격하게 인원을 충원하고 보니 일거리가 수주되지 않은 결과였다. 우리 도시계획부는 그래도 인원대비 흑자로 운영이 잘 되고 있었다. 그러나 다른 부서가 적자부서로 돌아서자 몇 달동안 급여가 밀리기 시작하여 생활고에 시달릴 정도였다. 별다른 대안이 없어 6개월이나 급여가 밀려도 일은 해야 하니 참으면서 견뎠다. 같이 일하던 동료 직원들은 벌써 자기 살길 다 찾아 떠나고, 남아있는 직원들이 하던 일을 다 떠안게 되었다. 이 문제로 스트레스가 심하다 보니 원형탈모까지 생기고 마음고생이 심했던 시기였다. 업무에 적응하자 생활고 문제로 또 실패한 것이 아닌가 하는 허망한 생각만 들었다. 주말엔 대학 다닐때 했던 예식장 아르바이트로 교통비와 식대를 충당하면서 주중에는 급여도 나오지 않는 회사에서 버텼다. 그래도 분명히 또 이 상황에서 기회는 있을 거라고 생각하고 참고 견디었다. 그러나 20대 후반 나이에 현실과 마주하다 보니 더 서글퍼졌다. 당장 다른 일을 알아보려고 했던 어느 날 갑자기 직장동료 선배의 추천으로 같은 일을 하는 동종 업계 회사로 이직하게 되어 또 문제가 해결되었다.

이후 10여년이 넘는 세월동안 필자는 지금 아직도 이 일을 하고 있다. 업무로 받는 스트레스와 생계의 어려움이 공존하면서 10여년이 넘는 기간동안 이러한 일이 3~4번 반복되었다. 그때마다 또 절망에 빠져서 스트레스를 받기도 하고, 그 안에서 또 실패하더라도 다른 기회를 찾기 위한 방안을 찾아보는 날의 연속이었다. 필자가 얻은 결론은 아무리 절망적이고 실패하는 상황에서도 여기서 몇 번을 실수하고 실패해야 또다른 성취할 수 있는 다른 기회를 가질 수 있다는 점이었다. 인생의 어떤 경우에도 실패할 수 있고, 실패하고 또 실수하는 그 안에서 문제 해결을 위한 기회도 같이 공존한다는 사실이다.

대학 졸업 후 취업에 필요한 스펙을 만들기 위해 기본적인 자격증과 영어성적이 필요했다.

나는 혼자서 독학으로도 자격증 및 영어성적은 높일 수 있을 것이라 생각했다. 다른 친구들은 시간과 비용을 들여서 자격증을 취득하고 영어성적을 단기간에 올리기 위해 학원을 다녔다. 나는 그렇게 안해도 두 개를 다 잡을 수 있다고 생각하고, 혼자서 도서관에 틀어박혀 한달간 공부했다. 일단 먼저 영어점수를 확보하기 위해 지금도 유행하는 토익시험을 치려고 그 당시 가장 유명한 토익책을 사서 몇 번을 보면서 달달 외웠다. 그렇게 공부하고 본 첫 시험이 990점 만점에 600점 초반 점수가 나왔다.

같이 준비한다고 학원을 다녔던 친구들은 기본이 없었는데도 700점을 다 넘겼다. 비교해보니 결과론적으로 처참했다. 영어듣기에서 점수차이가 많이 났던 것이다. 고등학교 수능시험 영어듣기 처럼 쉽게 생각했던 것이 실패요인 이었다. 그래서 다음 시험에는 듣기인 L/C영역에 대한 대비를 위해 관련된 책 5권을 따로 구입하여 도서관에서 집에 오갈 때 늘 이어폰을 끼고 반복해서 들었다. 그렇게 두달을 다시 공부하여 2번의 시험을 치렀더니 L/C영역에서 100점이 올랐다. 학원에 다닌 친구들과 점수도 비슷한 수준이 된 것이다.

결국 혼자 공부했던 나만 자격증을 취득하지 못했고, 학원에 다녔던 친구들은 한 명 빼고 다 취득한 결과가 나왔다. 그 뒤로도 고집을 꺾지 않고 혼자 공부하다가 몇 년을 더 허비했다. 그 당시는 이렇게 열심히 공부하는데 운이나 결과가 왜 따라주지 않는 건지 원망했다. 그 자격증이 있어야 전공을 살려서 취업하기에 유리했는데 말이다. 철저하게 남의 말은 듣지도 않고 혼자서도 계속 할 수 있다는 판단착오였다. 그러나 이런 시행착오와 실패할 기회가 있다는 것이 감사했다. 아마 한번에 붙었으면 가장 좋을 일일것이나 자기 자만에 빠질 수도 있다는 생각이 들었다. 실패할 기회가 여러번 있었기 때문에 다시 도전하여 무려 13년이 지난 작년 여름에 관련된 자격증을 취득할 수 있었다.

《하버드대 인생학 명강의, 어떻게 인생을 살 것인가》이란 책에도 실패할 기회를 찾는 것이 중요하다고 자주 인용되는 이야기가 있다.

"어릴때부터 불우한 환경에서 자라서 반드시 배우가 되기로 결정한 한 청년은 숱한 문전박대에도 성공할 때까지 절대 포기하지 않고, 자신에게 자신감을 불어넣었다. 실패할 기회를 찾아서 그는 우회전술을 쓰기로 하고 시나리오를 직접 쓰기로 했다. 시나리오를 마음에 들어하는 감독이 나타나면 자신에게 주연을 보장하는 조건으로 거래를 하기로 한 것이다. 1년 후 완성된 시나리오를 가지고 그는 다시 감독들을 찾아다녔다. 하지만 시나리오를 마음에 들어해도 그를 남자 주인공으로 기용할 감독은 없었다.

이는 한 사람의 자신감과 열정을 모두 앗아가기에 충분한 실패 경험이었지만 그는 여전히 포기하지 않았다. 실패할 기회를 찾아서 자신에게 아래와 같이 계속 외치면서 계속 채찍질 하면서 다음 기회를 노렸다.

'괜찮아. 다음번까지만 버티자. 난 분명히 성공할 수 있어!'

그리고 그는 드디어 1,501번째 시도 끝에 이미 그를 20여 차례나 거절했던 감독의 마음을 움직이는 데 성공했다. 감독은 그를 발탁했다.

그렇게 우여곡절 끝에 그가 주연을 맡은 작품은 당시 전 미국 최고의 시청률을 기록했고, 훗날 그는 전 세계적으로 이름을 날리는 스타가 되었다. 이 사람이 람보, 록키로 유명한 실베스터 스탤론이다."

위의 이야기처럼 실베스터 스탤론이 아닌 내가 1,500번이나 거절 당하고도 계속 배우의 꿈을 키울 수 있었을지 의문이다. 당연히 10번 시도해서 실패하면 아마 다른 일을 알아봤을 것이다. 배우라는 꿈을 이루기 위해 실패하고 또 실수하면서도 그 안에서 기회를 찾아서 계속 도전했던 것이다. 젊을수록 무엇인가를 계속 실패하면서 실패할 기회 를 많이 찾는 것이 중요하다. 여러분이 겪는 난관이나 단기간의 실패 에서 그런 기회를 많이 가질수록 미래의 성공에 한 걸음 더 나아갈 수 있다. 필자는 지금도 실패하고 또 깨지면서 하루하루를 보내고 있다. 예전에는 몰랐지만 그렇게 살았던 하루가 모여 지금의 나를 완성하게 되었다. 실패할 기회를 찾고, 그 안에서 또 기회를 찾는 데 초점을 맞 추어 가다 보면 아주작은 기적이라도 볼 수 있지 않을까?

05

실패는 나를 완성하는 또다른 과정이다

실패에도 굴복하지 않는 마음가짐이 중요하다. 단 한번의 성공을 이루는 사람은 없다.
설령 있다고 해도 마치 로또처럼 한방에 얻고, 그 짜릿한 성공 이후에는
과정을 무시한 혹독한 현실만이 있을 뿐이다.
자신이 역경에 부딪히면 잘 가고 있다고 생각하고 나아가라. - 데일 카네기

2009년 가을 사회생활을 시작하고 5년
이 지난 시점에서 회사를 이직한 후 대리에서 팀장으로 진급하게 되었
다. 위에 계신 팀동료선배인 팀장이 대표와의 트러블로 본인이 사업을
하겠다고 갑자기 사표를 내는 바람에 연차보다 빨리 진급하게 되었다.
이에 따른 송별회 및 축하를 위해 회식이 있게 되었다. 출장갔다가 회
식자리에 좀 늦게 도착하였다. 그 전날도 야근하고, 접대하느라 아주
피곤한 상태로 회식에 참여하게 되었다. 축하주로 상사와 직원들이 주
는 술을 거절할 수 없어 마시다 보니 또 과음하게 되었다.

2차, 3차로 이어지는 술자리로 또 서서히 내 모습을 잃어간다. 내가
술을 먹는 게 아니라 술이 술을 먹는 형국이다. 마지막 기억이 뒤늦게
합류한 다른 팀장이 권한 술을 먹은 뒤다. 같이 들어온 신입사원이 나

를 데려다 준다고 역 계단입구로 향했다. 잠깐 음료수를 사온다고 하고, 나를 역 계단입구에 앉혀 놓았다. 몇 분 뒤... "쿵!" 소리가 들렸다고 한다. 내가 역 계단으로 굴러서 떨어졌다고 한다. 음료수를 사러 갔던 신입사원은 놀라서 다시 나를 일으켰지만, 내 눈 주위는 이미 부어 있었고, 피가 흘렀다고 한다. 응급실에 실려가 기초적인 치료를 받고, 근처 여관에 나를 재우고 집에 갔다.

아침이다. 머리가 아픈채로 눈을 떠본즉 왼쪽 눈이 잘 떠지지 않는다.

"어, 뭐지? 왜 잘 안 떠지지?" 하고 거울을 보았다. 근데 주위를 보니 내 방이 아니다.

처음보는 공간은 또 어디란 말인가? 거울을 보니 오른쪽 눈만 멀쩡하고, 왼쪽 눈은 주위가 누구한테 맞은 것처럼 부어있다. 희미하게 물체만 보인다.

'아 또 실수한건가? 분명히 멀쩡하게 마시고 있었는데, 왜 난 또 여기에 있는 걸까?'

술이 깨지 않은 상태에서 내 꼴을 보니 또 실수 했구나라는 후회가 오버랩되면서 두통은 심해졌다. 시간도 벌써 9시가 넘어서 회사에 지각을 할 수 밖에 없어 서둘러 나왔다. 사무실에 들어가니 보는 눈이 심상치가 않다. 겉으로는 괜찮냐고 물어보지만, 속으로는 얼마나 욕을 하고 있을지 눈에 봐도 뻔하다. 필자는 내 자리로 돌아와 깨지 않는 숙취와 씨름을 하며 또 업무에 집중하고자 하나 잘 되지 않는다.

어릴 때부터 술을 좋아했던 필자는 자주 마시지 않았지만, 스트레스를 받거나 무슨 좋은 일이 있을 때 가끔 마시면 위의 경험처럼 폭음하고 필름이 끊겨 실수한 적이 많다. 부끄러운 일이지만 남들이 평생한 두 번 할까말까한 술로 인한 큰 실패나 사고도 꽤 있다. 어릴때부터 술자리를 좋아하여 20대 초년 시절부터 밤만 되면 매일 무조건 약속을 잡고 사람을 만나 술을 마시곤 했다. 초등학교 동창, 고등학교 친구들, 대학 동창, 아르바이트 동료들 이렇게 매일 술자리를 이어갔던 이유는 내 성격에서 그 원인을 찾을 수 있었다. 30대가 끝나가는 지금은 무슨 일이 있을 때 혼자 삭히거나 외로움에 이제 많이 길들어져 있었지만, 20대 초년시절은 혼자 뭘 한다는 것에 익숙치 않았다. 무료함과 외로움이 너무 싫다 누군가를 꼭 만나서 뭐라도 하는 습관이 생겼다. 여기에 스트레스를 받거나 무슨 문제가 생기면 술을 마시면서 누구라도 내 이야기를 들어줄 사람이 있어야 속이 편했다. 그래야 그 나쁜 기운, 무료함과 외로움을 없애고 편하게 잠을 잘 수 있었다.

어릴때는 괜찮았지만 이런 습관이 몇 년을 계속 이어가니 점점 실수하고 실패하는 횟수도 늘어나게 되었다. 그때까지도 필자는 이게 나의 술버릇이 나쁘니 고칠 수 있겠지라고 생각에 대수롭게 여기지 않았다.

그러나 계속되는 실수에 사람들은 나를 경계하고 점점 멀리하기 시작했고, 정말 친한 친구가 아닌 이상 이런 나쁜 습관을 이해해주는 사람은 없었다. 그때서야 필자는 술에 대한 나의 문제를 바로 보기 시작했다. 그것이 불과 2~3년전 이야기다. 이 점을 바로 고치기 위해 단주병원에 가서 상담도 받고, 나의 생활 패턴을 바꾸기 위해 의식하면서 노력하고 있다. 아직도 가끔 예전 버릇이 가끔 나오긴 하지만, 예전보다 많이 나아지고 있는 것을 시간이 지나면서 느끼고 있다. 계속 의식적으로 정말 필요한 자리가 아니면 술을 입에 대지 않으려 결심하고 있으나, 여전히 좋은 사람들과의 자리에선 가끔 자제가 안되기도 한다. 한번에 성공하기 힘들겠지만 그래도 이 술에 대한 나쁜 습관에 대해서는 나를 제대로 바라보고 고칠 수 있도록 완성해가는 과정이라고 생각한다.

얼마전 프로야구 넥센팀 감독을 그만두었던 염경업 감독은 감독 당시 삼국지의 제갈량에 빗대어 지략가로서 명성을 날리며 "염갈량"이라 불리었다. 그랬던 그도 프로야구 선수시절은 순탄치 않았다. 프로에 오기 전까지 고등학교 때부터 청소년 대표를 했고, 대학을 거쳐 프로에 데뷔하고 나서도 신인시절은 주전자리를 꿰어찼다. 그러나 실패가 없었던 그는 곧 자기가 최고라는 자만심에 빠져 연습도 게을리 하다 보니 타율이 1할까지 떨어졌다. 그 이후 1996년 현대(현재 넥센)로 트레이드 되고 나서도 박진만 선수에게 주전 자리를 내주고 후보로 전락했다고 한 인터뷰에서 밝혔다.

"현대에 있을 때 그 당시 김재박 감독의 결정에 대해 원망도 많이 했습니다. 경기에 뛰고 싶어 내보내달라고 하소연도 했습니다. 단호한 감독 결정에 내가 왜 이렇게 되었는지, 왜 실패하게 되었는지 한번 돌아보게 되었습니다. 답은 하나였습니다. 잘한다고 그냥 제 실력을 믿어 자신감이 아닌 자만심에 빠져 노력을 안한 제잘못 이었습니다. 이후 1997년부터 이렇게 살면 안되겠다 싶어 자기가 잘못된 점, 개선방향등을 메모를 하기 시작했습니다. 은퇴 이후에 코치나 프런트를 하더라도 좋은 지식들을 전수해 주고 싶었습니다. 지금 생각해보면 타율 1할의 실패가 지금의 넥센 감독까지 올 수 있었던 좋은 발판이 되었던 거 같습니다."

그는 계속된 실패에도 메모를 해 가며 자신을 계속 채찍질하며 발전해 가면서 결국 프로야구팀 감독이라는 마지막 퍼즐을 완성했다.

필자도 현재 절주일기를 쓰고 있다. 모임이 있거나 지인을 만나게 되어 술을 마시게 되는 날은 미리 그 일기장에 먼저 기록을 한다. 접대나 중요한 자리에선 어느 정도 마실지 정해 놓고, 그 이상은 마시지 않으려고 미리 마음으로 트레이닝을 한다. 그러다가 또 실패하거나 적정 이상이 되면 자리를 파한 후 다시 일기에 그날 술을 얼마나 마셨는지, 내 상태는 양호한지 등에 관한 결과를 기록한다. 내 나름대로 정한 기준에 충족되면 무사히 성공으로 보고, 그 기준에 미달하거나 실수를 하면 실패로 기록하고 있다. 이 일기 작성으로 예전보단 정말 많이 나아지고 좋아지고 있어서 다행이라고 생각한다. 이것도 내가 예전에 그렇게 실수하고 실패하지 않았더라면 스스로 이 문제점을 고치고 완성해 나갈 수 없었을 것이다. 물론 처음부터 나쁜 것은 멀리 하고 정도를 지켰으면 이런 고민도 하지 않았으리라 생각된다.

"많은 사람이 실패하는 이유를 너무 빨리 잊어버리기 때문이다.

안 좋은 조짐만 보여도 믿음을 잃는다. 한번 붙어보겠다는 도전정신과 나갈 용기를 불태우자.

더 많은 이가 불가능에 도전하고 실패하기를 반복한다면, '불가능은 없다'는 옛말을 더 빨리 깨닫게 될 것이다. 공포를 이겨내면 무엇이든 원하는 것을 이룰 수 있을 것이다."

C.E 웰치 박사가 실패에 대한 쓴 글이다. 보통 실패를 많이 하게 되면 자신감도 많이 잃고 위축되어 빨리 단념을 하게 된다. 무엇을 하더

라도 많이 실패하고 깨지고 하는 것이 오히려 성공이나 무엇인가를 이루는데 더 빨리 갈 수 있는 지름길이다. 실수하고 실패해 봐야 본인에게 무엇이 문제가 있는지, 또 그 문제를 파악하여 다른 방향으로 갈 수 있는지에 대해 파악할 수 있기 때문이다. 그런 과정을 반복하는 것이 중요하다고 본다. 실패란 결국 성공을 향해 찾아가기 위해 나를 완성하는 또다른 이름이자 과정이다.

06

많이 실패해야 많은 길이 보인다.

나는 실패한 적이 없다.
나는 그저 10,000가지 안되는 방법을 발견했을 뿐이다.
– 토마스 에디슨

현재 아내와 결혼한지 8년째가 지나가고 있다. 2009년에 결혼하고 여덟살된 딸과 네살된 아들 두 아이를 낳아 지금까지 잘 살고 있다. 요즘은 혼자 사는 사람들도 많아지는 추세고, 결혼이 필수가 아니라 선택인 사회로 바뀌어 가고 있다. 필자는 어릴 때부터 로맨틱 코미디 장르의 드라마나 영화를 너무 좋아해서 중·고등학교때는 바보처럼 지내면서 거기에 나오는 연애장면을 보면 늘 설레곤 했다. 고등학교 시절 첫사랑에게 어이없이 헤어지고 나서 대학에 들어가고, 20대 성인이 되면 연애도 멋지게 해보자고 결심한 뒤 입시에 매달렸다.

대학에 들어가면 드라마〈우리들의 천국〉,〈내일은 사랑〉에 나오는 것처럼 당연히 여자친구가 생기면 데이트도 하고 그런 줄 알았다. 그러나 현실은 역시 드라마나 영화와는 달랐다. 그래도 20대가 되면 꼭 연애를 하고 싶다는 목표아래 어떻게 하면 할 수 있을지에 방안을 찾았다.

입학 이후부터 시작되는 미팅, 과팅으로 순수한 20살 젊은이들 간의 풋풋함, 설레임등을 느낄 수 있는 자리가 많았다. 거듭되는 실패 속에 의기소침 했던 나는 다른 학교 여대생들과의 미팅자리에서 우연히 맞은 편에 앉게 된 친구와 연락처를 주고 받게 되었다. 처음으로 설레임을 안고 신촌 민들레 영토에서 데이트를 하면서 친해지게 되었으나, 다른 미팅에서 만났던 학생과 사귀는 바람에 고백도 못해보고 한달만에 끝나게 되었다. 헤어진 계기는 여자에게 남자다운 면모를 보여주지 못해서 그런건지, 아직 고등학교 시절 입었던 패션을 고수하다 보니 올드한 스타일이 먹히지 못했던 건지.. 지금 생각해보면 자명한 사실인데.. 왜 그때는 몰랐었는지?

이 시기에 유행했던 드라마가 안재욱, 차인표, 최진실 주연의 〈별은 내가슴에〉로 서브 주연이었던 강민 역할을 맡았던 안재욱의 인기가 최고조 일 때 였다. 배역의 인기에 따라 안재욱의 패션, 헤어스타일등 덩달아 유행하면서 앞머리를 붙여서 내리고, 셔츠와 정장바지로 한 껏 멋을 내어 젊은이들이 따라하였다. 나도 학생 신분으로서 그리 넉넉지 못했지만 멋져보여 한번 따라해 보고 싶어 그 배역의 셔츠와 바지를 입고 무스로 머리를 내려뜨리고 헤어스타일을 만들어 본 적도 있다. 이렇게 차려입고 미팅에 참석하여 한 껏 분위기 잡으면서 노래방에 가서 발라드를 부르면서 좋아하는 여자에게 잘 보이려 애썼다.

자주 불렀던 노래가 안재욱의 〈포에버〉와 포지션의 〈리멤버〉였는데, 아이러니 하게도 이 두 노래는 만남 보다는 이별을 말하는 노래이다. 당연히 구애를 해야 하는 입장인데, 헤어짐을 말하는 노래를 하니 상대방 입장에선 '쟤 뭐야?' 하는 표정 뿐이었다. 특히 포지션의 〈리멤버〉를 부를 때 상대방 앞에서 "나 한심해 보여도 나름대로 많이 생각한 거야." 까진 좋다 이거다. 다음 노래 가사에서 "나 사랑했었다고 자신있게 말할 필요는 없어."라고 나오니 상대 여자의 눈이 휘둥그레진다. 대체 저 애는 뭐하는 상황이지? 하는 그런 어이없는 표정... 안 그래도 느린 사운드에 술도 취하고 빨리 가고 싶은데, 더 쳐지는 상황을 만들었으니.. 그 다음은 말 안해도 뻔한 수순으로 혼자 30분 더 노래하다가 집에 가는 상황이 연출되었다. 하늘을 보면서 왜 난 그랬을까 내자신이 자괴감이 들었다.

이 시점에 의기소침해 있던차, 수업시간에 청순한 같은과 여자동기를 보고 혼자 짝사랑에 빠지게 되었다. 부잣집에 사는 아이처럼 청순

함과 긴 생머리 스타일의 여학생이었다. 그녀와 친해져야 하는데, 내
내 말도 못하고 학기가 끝나버렸다. 그래도 밑져야 본전이란 생각에
선물과 편지를 몰래 선물했지만 여지없이 거절당했다. 군대에 가기전
까지 여자친구를 만들기 위한 프로젝트는 실패에 실패를 거듭했다. 패
션과 헤어스타일도 바꾸어보려 시도를 했지만 성공한 적이 한 번도 없
었다. 많은 실패를 거듭하다 보니 여러 방안을 생각하게 되었다. 무슨
일이든지 계속 시도하고 실패하다 보면 자기에게 맞는 길이 보일 것이
라고 믿고 있었다.

2학년을 마치고 공군에 입대하기로 하고, 입대 날짜가 다음 해 5월
로 결정되자 바로 휴학 후 아르바이트를 시작한 때였다. 친구의 소개
로 한 동갑내기인 여대생을 알게 되었다. 경영학도이면서 이 영화에서
나온 산드락 블록처럼 검은 긴 생머리에 웃는 모습이 참 매력적이었
다. 군대 가기 전 소원이 여자친구를 만드는 것이 바램이었다. 이 때가
1999년 1월이었다. 몇 번의 조심스런 만남 후, 지금 말하는 단어로 썸
이란 걸 타기 시작했다. 그러던 어느날 아르바이트가 끝나고 어둑어둑
할 즈음 눈이 내리는 명동거리에서 그녀와 만나게 되었다. 눈이 오는
거리를 구경하다가 밖의 날씨가 너무 추워서 바로 눈에 띄는 커피숍에
들어가게 되었다. 오늘따라 이상하게 내 눈 앞의 그녀가 너무 예뻐 보
여서 고백을 하고 싶은 마음이 너무 들었지만, 그래도 타이밍이 중요

하기에 일단 한 발 물러섰다.

그녀와 이런 저런 이야기 하는 도중 테이블에 있는 성냥이 눈에 띄었다. 무슨 생각이 들었는지 그녀가 갑자기 성냥재를 탄 물을 마시면 무슨 소원이든 들어주겠다고 하는데...

'이건 또 무슨 시추에이션이지? 아! 이게 기회일 수 있겠다!' .. 라는 내 머리를 스쳐 지나갔다.

그래 이 물을 마시고 고백을 해보자 라는 계산이 나오자, 당장 하겠다고 했다.

갑자기 그녀가 "너 그 물 마시면 안돼. 죽어..너."

"안 죽으면 어떻게 할 건데.. 너 정말 소원 다 들어주기다."

"진짜 먹을려고? 무슨 소원을 말하려고 그래?"

하면서 성냥 10개를 불을 붙이더니 재를 물컵에 부어버렸다.

당연히 물은 잿물로 변하기 시작했고, 나는 그때를 못 참고 그 물을 단숨에 마셨다.

"자 됐지?" 배가 갑자기 아파오는데.. 소원은 말해야 할 거 같아서

"사실 너랑 사귀고 싶어.. 너 내 여자친구해라..그게 내 소원이야!"
외치고, 화장실로 바로 직행했다.

갔다 오니 그녀가 혼자 실실 웃으면서 "야, 그게 뭘 어려운 이야기라고.. 그걸 마시고 이야기 하냐.. 그렇게 고백하는 사람은 너밖에 없을 걸?"

"그럼 소원에 대한 니 대답은 뭐야? 오케이야? 아니야?"

그리고 나서 갑자기 나가자는 그녀의 말에...

커피숍을 나올때는 내 손에 그녀의 손이 들어왔으니, 소원은 들어준 셈이다.

오로지 여자친구를 만들어 보겠다는 일념하에 대학 입학 후부터 2년동안 노력했지만 번번히 실패했다. 그러다 군대 입대 2달을 남기고 여자친구를 사귀기 위해서 실패에 실패를 거듭한 끝에 찾은 방법으로 결국 성공했다. 필자가 연애를 위해 많은 실패에서 찾았던 건 상대방에게 진심을 전달하는 일이었다. 내 마음을 있는 그대로 전달하는 게 제일 좋고, 중요한 방법이었는데, 헤어나 패션스타일등(물론 중요하다!) 외적인 것만 신경써서 바꾸어 보려 했던게 패착이었다. 처음에는 왜 안 생길까 하는 마음에 절망도 하고 지나간 실수를 계속 마음에 두었다. 그래서 다시 의기소침 해지곤 했는데, 그래도 한 번은 더 해보자라는 생각에 계속 시도해 본 것 같다. 그러다 보니 많은 실패 속에서 많은 길을 찾아서 나에게 맞는 걸 골라 결국 성공한 경험을 맛보았다. 펜실베니아 주립 대학교 한 교수가 체조선수 두 그룹을 대상으로 몇 년간 연구하여 뛰어난 그룹의 선수들은 완벽주의자가 아니고, 지나간 실수를 마음에 두지 않는다고 밝혀냈다. 그들은 계속되고 많은 실패를 하다보니 자기들만의 많은 길을 파악하여 가장 좋은 방법으로 도전한다고 한다.

류카와 미카의 《서른 기본을 탐하다》에서 "수많은 성공은 모두 실패가 쌓이고 쌓여서 이루어진 것이다. 실패는 성공에 꼭 필요한 과정이며 가장 중요한 투자다. 실패를 원하지 않는 것과 실패를 인정하지 않는 것은 모두 잘못된 행동이다. 가장 많이 실패한 사람은 가장 많은 잠재력을 가지고 있다. 넘어지면 넘어질수록 얻는 것도 많다."라고 역설하고 있다. 무슨 일을 하던지 하고자 하는 바가 뚜렷하다면 포기하지 말고 계속 시도해 보면서 몇 번이고 실패하다 보면 많은 길이 보인다. 그 많은 길이란 것을 해 보았기 때문에 이렇게도 해보고 저렇게도 해 볼 수 있는 여러 방법을 찾을 수 있다. 여기에서 자기에게 가장 잘 맞는 길을 찾아 또 노력하고 시도하다 보면 분명히 결실을 맺을 수 있을 것이다.

Chapter

02

성공을 위한
담금질

failure

success

"성공이라는 열매를 맺기 위해"
몸에 좋은 약은 입에 쓰고,
나무와 꽃을 키울 때 주는 거름도
냄새는 아주 독하다. 그러나 이 기간이 지나게 되면
몸은 오히려 더 건강해지고,
꽃은 아름다운 열매를 맺을 수 있다.

01

젊은 실패만큼 아름다운 것은 없다

실패는 당신이 아무것도 성취하지 못했다는 걸 의미하지 않는다.
당신이 새로 배웠음을 의미할 뿐이다. - 로버트 H. 슐러

　　　　　지금 회사에 필자와 같이 일하는 후배 직
원이 있다. 현재 30대 중반으로 내가 이 회사에 대리로 이직했을 때
신입사원으로 들어온 친구다. 지금은 과장으로 진급하여 회사에서도
인정받으면서 일을 잘하는 경력사원이다. 이 친구도 여기까지 올라오
기 위해서 본인은 운이 좋았다고 겸손해한다. 하지만 옆에서 지켜본
필자로선 많은 실패를 하면서도 그것을 잘 극복하고, 힘든 시기를 잘
견디어 냈기 때문에 얻은 결과물이라고 생각한다. 현재 내가 하고 있
는 일은 도시계획 인허가 업무이다. 쉽게 이야기하면 토지를 어떻게
개발할지 여러 방면에서 검토하여 가장 적합한 사업 방식을 골라 관련
법규에 맞추어 인허가를 진행하는 일이다. 2008년에 같이 들어온 이
친구도 같은 업무를 하고 있다.

필자와 같은 도시계획 엔지니어들은 일이 고되고 작성해야 할 보고서 등 업무량이 많더라도 자기가 진행하는 프로젝트 업무를 직접 수행하다 보면 자신이 만든 계획이 실제로 아파트나 주택이 되고, 리조트나 관광지등으로 직접 만들어진다는 상상만으로도 일에 대한 보람을 느끼곤 한다. 하지만 일을 수행하다 보면 비전문가인 우리에게 일을 주는 발주처의 "갑"질 횡포에 질려서 보람마저 잃어버리고 만다.

예를 들어 며칠 동안 열심히 자료를 찾아서 새로운 계획을 세우고 만들어간 보고서를 읽어보지도 않는다. 중요한 본질은 보지 못한 채 말도 안 되는 논리로 자기 의견만 내세운다. 그에 따라 계획을 처음부터 작성하는 일은 다반사이다. 심지어 그 결과물을 무시한 채 욕을 하거나 무시하는 경우도 가끔 있었다. 주위에 필자와 같은 일을 하는 엔지니어 동료, 선배, 후배들의 이야기를 들어봐도 비슷한 경험을 했다고 말한다. 발주처의 말도 안 되는 업무 요구, 갑의 횡포, 계속되는 야근과 철야로 개인시간이 없어 점점 꿈을 잃어가고, 도시계획에 대한 애정마저 식어 버리게 했다.

2008년 말 터진 미국 서브프라임 모기지 사태로 글로벌 경제 위기가 닥치면서 우리나라도 타격을 받기 시작했다. 특히 타격을 많이 받은 분야가 건설업이었다. 아파트 미분양, 좁은 국토에 더 이상 개발할 수 있는 토지 등이 줄어들고 점점 시장상황은 안 좋다 보니 신규로 발주되는 프로젝트 수도 덩달아 줄어들기 시작했다. 현재 수요는 그대로 인데 공급이 작아지니 하나의 프로젝트를 따기 위해서 수많은 업체들이 입찰에 응해 수주할 수 있는 확률은 떨어졌다. 그러다 보니 일이 점점 없어져 수익성이 낮아지니 감봉, 감원 등의 악순환으로 이어졌다. 필자 자신도 위에 언급했던 이유 등으로 일에 대한 회의감이 커졌고, 경제적 상황 악화 등으로 점점 지쳐갔다. 감봉, 임금체불 등으로 생활고까지 겪다보니 아내에게도 상당히 미안해지면서 가장으로서 책임을 다하지 못한 괴로움에 이중 삼중으로 고통을 겪게 되었다.

회사에 있는 이 후배를 비롯한 다른 직원들도 상당한 스트레스를 받았다. 많은 사람들이 회사를 그만두고 다른 회사로 이직하던지 또는 다른 일을 찾아 떠났다. 그러나 이 후배만큼은 필자와 계속 상의하면서 회사에 남을지 자기도 떠날지 고민했다. 후배는 그 당시 다른 팀이었는데, 속해 있던 팀원 전체가 회사를 나가게 되었다. 그 날 후배는 혼자 야근하다가 외근을 나갔다가 퇴근한 필자에게 늦은 시간에 우리 집으로 찾아왔다. 팀은 틀렸지만 들어온 시기가 비슷한 입사동기로 서로 힘들 때 고민을 이야기하면서 의지를 많이 하곤 했다.

"과장님, 아니 형님.. 저 이제 어떻게 해야 하죠? 다들 나가는데 나가는 게 맞겠지요? 아니면 어떻게 해야 할까요?"

이미 회사를 남기로 했던 나는 그에게 나와 한번 더 해볼 수 있는 기회를 가져보자고 술잔을 부딪히며 설득했다. 그렇게 밤새 술마시면서 이야기 한 결과 후배는 회사에 결국 남기로 했다.

그 팀에서 홀로 남아 그동안 수행했던 프로젝트 일부를 맡게 되었다. 당시 대리를 막 달았던 후배는 혼자서 프로젝트를 이끌어 나가는 것이 부담이 되었나 보다. 처음에 시행착오를 겪으면서 굉장히 스트레스를 많이 받았다. 계속 걸려오는 발주처 요구에 부응하지 못해 깨지고, 지자체 공무원과의 협의가 어려워 밤새 잠도 못잔다고 했다. 그렇게 매일 매일 일에 깨지고 실패하면서도 혼자서 밤새 회의 자료를 준비한다던가 공부를 하며 문제를 해결해 나갔다. 그러길 5년... 그 사이에 필자도 회사에서 나가게 되고, 다른 사람들이 오고 가고 했다. 그러나 후배는 그 자리에서 꿋꿋이 지금도 실패하더라도 문제를 잘 해결해 나가더니 결국 지금은 회사에서 가장 오래된 고참 직원으로 사장님에게까지 인정받는 직원이 되었다.

젊은 시절부터 오직 도시계획이란 일에 실패하고 또 실패했지만 결국은 그 실패를 기회로 삼아 지금은 회사내에서 필요한 직원이 되었다. 이처럼 젊은 실패만큼 아름다운 일은 없다.

같은 계통에 계신 상사도 젊은 시절에 많은 실패를 딛고 지금의 성공을 이룬 분이 있다.

예전에 다니던 회사에 윗 직급에 계신 누님도 예전 상업 고등학교를 졸업하고 일반 회사 경리직으로 근무했다. 그러나 이렇게 사는 게 너무 싫어서 본인의 인생을 바꾸어 보기 위해 다시 수능준비를 하셨다고 한다. 주변에선 그냥 지금처럼 살지 또 실패하려고 하는지 염려가 많았다고 한다. 하지만 누님은 본인의 뚜렷한 목표가 있었기 때문에 오히려 실패하더라도 본인에게 도움이 될 거라고 굳게 믿었다고 했다. 결국 남들보다 늦게 시작하고, 빨리 실패했다고 스스로 자각하면서 누구보다도 열심히 치열하게 공부하여 대학도 좋은 성적으로 마쳤다. 이후 업계 특성상 남자가 많은 우리 업계에서도 정말 열심히 일하면서 실력을 쌓았다. 또 기술직 최고의 자격증이라고 불리우는 기술사에도 합격을 하고 현재는 직접 업체를 차려 운영을 하고 있다. 누님은 젊은 시절에 많은 실패를 하다 보니 오히려 본인에게 제일 잘 맞는 길이 보였다고 한다. 젊은 시절에 실패를 많이 해보는 것이 나중에 보더라도 도움이 되고, 지나고 보면 오히려 그게 더 추억이 된다고 늘 말씀한다.

"어느 이른 봄날, 나는 한 늙은 농부를 만났다. 나는 이른 봄에 비가 이렇게 많이 내리니, 곡식이 자라는데 참 좋겠다고 말했는데, 농부 왈" 아닙니다. 지금처럼 성장에 유리한 날씨가 계속되면, 식물은 깊지 않은 지표면에 뿌리를 내릴 것입니다. 그렇게 되면 태풍이 왔을 때, 곡식이 쉽게 쓸려갑니다. 하지만 처음부터 성장이 쉽지 않으면 식물은 물과 양분을 얻기 위해 땅속 깊이 튼튼하게 뿌리를 내리려고 할 것이다. 그러면 태풍이나 가뭄이 와도 흔들리지 않는다." 이제 나는 역경을 미래의 태풍을 견뎌내기 위해 깊이 뿌리를 내릴 수 있는 기회로 생각한다."고 제리 스템코스키는 젊은 시절에 실패는 좋은 기회가 될 거라고 역설하고 있다. 젊은시절에 할 수 있는 모든 시도를 해보고 수많은 실패를 해 보았으면 한다. 아무것도 하지 않으면 성공이나 실패로 이어지지 않을 것이다. 젊어 고생은 사서한다는 말도 있듯이 성공보다는 실패가 많으면 거꾸로 할 수 있는 성공 가능성이 더 높다고 생각한다. 나도 불혹의 나이가 되어 보니 예전에 시도했던 모든 일이 실패하고 안된일에 늘 절망하고 우울해 했지만, 그것이 밑거름이 되어 나에 대해 제대로 인식을 하게 되었다. 젊은시절에 많은 실패는 지나고 보면 그것만큼 아름다운 것은 없다.

02

시련과 고난을 온 몸으로 느껴라

인간다운 삶이 좋은 집에서 잘 태어나 부유하게 사는 것이 아니라 인생이 던지는
시련과 고난을 맞으며 꿋꿋이 사는 것이다. – 소크라테스

2012년 2월 중순 경 어느 추운날 평소와
다름없이 여러 프로젝트를 총괄하는 팀장으로서 아침부터 걸려오는 거
래처의 전화업무를 처리하고, 오후에 사장님을 직접 모시고 계약이 걸
린 중요한 프로젝트 미팅에 참석했다. 이번 프로젝트는 제조업을 기반
으로 하는 기업인데 그 회사가 소유한 토지에 직접 공장을 증설하는 일
로 이 프로젝트가 성공해야 현재 어려운 우리 회사를 살릴 수 있었다.
하지만 미팅 시 클라이언트가 궁금해 했던 사항에 대해 필자의 잘못된
검토사항을 답변하는 바람에 결국 계약이 성사되지 못했다. 개발 이후
에 내는 부담금을 법적으로 내야 하는데, 필자가 내지 않아도 된다고 검
토하는 바람에 사업성 검토시 부담금이 몇 십억원이 반영되지 못한 것
이다. 돈이 걸린 개발사업에서 몇 십억은 상식적으로 생각해도 엄청난

손해인데, 그땐 무슨 생각으로 그랬는지 제대로 확인을 못했다. 제대로 일처리를 못해서 결국 필자는 책임을 지고 회사를 나오게 되었다. 사실 그 전부터 회사가 어려워져 인원을 반으로 구조조정 한다는 소문이 있었고 근무하는 4년 동안 수차례의 내 실수로 인해 일어난 결과였다.

자리를 정리하고 퇴근 후 마지막 날 밤 직원들과 조촐하게 송별회를 하게 되었다. 짐을 들고 나올때는 참 무덤덤했다. 내가 잘못했던 일이었기에 당연히 책임을 지는게 맞다는 생각이 들었다. 직원들과 술집으로 향하는 길에서는 아무도 한마디 하지 않았다. 술집에 앉아서 한 두잔 기울이면서 그동안 고생했다고 이야기를 하며 직원들과 이별주를 먹었다. 직원들은 또다른 기회가 있을테니 너무 상심해하지 말라고 위로를 했다. 잠깐 머리를 식히러 술집 화장실로 이동하는데, 왈칵 눈물이 쏟아졌다. 필자는 나름대로 열심히 일을 하고, 어려운 점이 있더라도 끝까지 해결하기 위해 야근과 특근도 마다하지 않았는데.. 왜 이런 결과가 나왔을까 라는 생각이 갑자기 스쳐 지나갔다. 세면대를 붙잡고 한참을 울었다. 너무나 답답하고, 내 자신이 너무 못난 생각이 들었다. 내 인생에서 그렇게 힘든 시련이 있을까 할 정도로 마음도 아프고, 온 몸이 떨릴 정도였다.

송별회를 마치고 집으로 돌아오는 길이었다. 술집 화장실에서 한번 크게 울고 나서 아무렇지 않은 듯이 헤어졌다. 머리는 계속 멍하고 마음은 답답한 채로 짐을 들고 버스와 지하철을 타고 몸만 맡긴채로 집으로 오는 중이었다. 그 당시 단독주택에 살고 있었는데, 혼자서 골목길을 걸어가면서 집에 거의 도착할때쯤 또 한번 눈물이 왈칵 쏟아졌다. 나도 회사 매출에 도움을 주기 위해서, 내 가족을 책임지기 위해서 이를 악물고 일을 한다고 했지만 정작 결과는 이제 실업자가 됐구나 라는 허탈한 마음에 울컥한 것이다. 정말 너무 억울했다. 도대체 이렇게 열심히 살았는데 왜 자꾸 깨지고 넘어지며 실패자로 느껴지는지 하늘이 정말 원망스러웠다. 집 앞 전봇대 앞에서 설 기운도 없이 기대서 혼자 서럽게 한참을 펑펑 울었던 거 같다. 혼자만 이렇게 아프고, 왜 이토록 가혹한 시련을 주시는지...

다음날부터 갈곳이 없어진 필자는 그 시련과 고난을 온 몸으로 느끼면서 그렇게 다시 실업자가 되었고, 며칠동안 집에서 한동안 자괴감에 빠져 일체 밖에 나가지 않다가 우연히 서점에 들렀다. 눈에 띄었던 책이 바로 김난도 교수의 《아프면 청춘이다》등 몇권의 자기계발서 였다. 이 책들을 읽으면서 마음의 치유와 위로를 받으려고 노력했던 것 같다. 혼자만 아프고 세상이 다 저주 스러웠다. 밖에 나가면 사람들이 나만 비웃는 거 같았다. 정말 우울증과 대인 기피증이라는 것이 나에게도 오는구나 하고 느껴질 정도였다. 역경이 있어야 성공한다고 책에는 나오는데, 다 거짓말이라고 생각했다. 그냥 다 귀찮고, 너무나 힘든 생각만 들었다. 앞으로 어떻게 살아야할지 막막함에 신은 왜 이런 시련을 나에게 주는지 계속 원망만 하던 시기였다.

그러다 이 시기를 다시 일어설 수 있게 했던 건 여러 자기계발서와 가족의 응원이었다. 자기계발서를 몇 번씩 읽으면서 이런 시련과 역경은 인생에 한번씩 누구나 오니 그런 시기를 잘 넘길 수 있도록 시련이 왔을때는 그냥 그 자리에 멈춰서 온몸으로 느껴보는 것이 중요하다고 생각했다. 이후 무엇이 잘못되었는지 어떤 점이 문제였는지에 대해 반성해보고 앞으로 인생을 어떤 방향으로 나아가야 할지에 대한 답을 찾으려고 노력했다. 결국 지금 상황을 이렇게 만든 건 필자 자신의 의식 부족과 부정적인 마음가짐이 원인이라고 생각되었다. 이러한 내 의식을 바꾸어 앞으로 어떤 시련과 고난이 있더라도 긍정적인 사고로 참고 견디면서 해결해 가야겠다고 마음을 먹었다.

필자가 자주 가는 블로그에서 이런 구절을 보았다.
"혼자만 아픈줄 알았다. 세상에 이토록 처절한 인생이 또 있을까 싶었다. 홀로 세상밖에 튕겨져 나와 진흙탕에서 뒹굴고 있다고 생각했다. 그런데 세상에는, 바로 내 주위에는 나와 똑같은, 나보다 훨씬 더 많은 더 무거운 삶의 무게를 지고 사는 사람들이 많았다. 겉으로 보기에는 전혀 알길이 없었지만 모두가 찢긴 가슴을 부둥켜 안고 살아가고 있던 것이다.

중요한 것은 그들의 사연을 알게 된 후부터 내가 느끼는 절망과 시련의 고통이 크게 줄었다는 사실이다. 나 혼자만 겪고 있는 아픔이 아니라고 느끼기 시작하자 어깨가 훨씬 가벼워졌다."

이 세상에 현재 살아가는 모든 사람들은 모두 저마다 시련과 고난을 온 몸으로 받아내면서 현실과 싸우고 있다. 가깝게 아버지를 봐도 올해 66세로 우리 가족을 먹여 살리기 위해서 38년째 한번도 쉬지도 않고 아직도 현역에서 일하고 계신다. 물론 직업은 여러 번 바뀌셨지만, 내가 어릴 때 본 아버지는 IMF때 회사에서 명예퇴직 당하셨을 때도 그 이후 여러 작은 기업을 전전하면서 가족에게 단 한번도 힘들다고 말씀하신 적이 없었다. 혼자서 일에 대한 스트레스, 가족을 먹여야 하는 책임감등을 홀로 등에 지면서 그 고난을 온몸으로 버티어 내신 것이다. 그에 비해 필자가 겪은 시련들을 평상시 알고 있지만 막상 나에게 이런 실패를 겪게 되니 혼자만 힘들어했던 사실에 다른 사람들도 다 그렇게 살아가고 있단 사실을 망각했던 것 같다. 나는 지금 현실이 당장 힘들면 그 문제를 해결하려고 노력하기보다 늘 회피하려고만 했고, 그 실패로 인한 시련은 나 혼자만 그런 것 같아 서글프게 느껴졌다.

성경에서도 고후 4:17절에 "우리가 잠시 받는 가벼운 고난은 그 무엇과도 비교될 수 없는 크고 엄청난 영광을 우리에게 준다"고 역설하고 있다. 그 고난과 시련, 인내를 가지고 견디어 낸다면 연단된 인격을 가질 수 있다고 한다. 즐겨보는 드라마에서도 신은 자기가 감당할 수 있는 시련만 주고 고난을 주어 스스로 성장할 수 있도록 한다는 대사도 있다. 세상에 많은 사람들이 이렇게 겪으면서도 시련과 고난을 이기는 사람, 나처럼 남탓을 하고 외부원인으로 돌리는 사람이 있을 것이다.

필자도 이 힘든 시련과 고난을 책과 가족의 응원으로 벗어나서 다시 일자리를 구하고, 일상으로 돌아올 수 있게 되었다. 그 힘든 시련과 고난의 시절이 있어서 필자를 다시 돌아볼 수 있게 되었다. 물론 지금도 다시 그때와 비슷한 방황을 하고 있지만 예전처럼 이 시련과 고난이 다시 필자를 단단하게 만들 거라고 확신하고 있다. 아마 이 책을 읽는 여러분도 일이든 연애든 무엇을 하고 있다면 잘될때도 있지만 안될 때도 있을 것이다. 그 때마다 시련과 고난을 온 몸으로 느끼면서 잘 해쳐나간다면 분명히 다시 성공에 길이 보일 것이다. 몸에 좋은 약은 입에 쓰고, 나무와 꽃을 키울 때 주는 거름도 냄새는 아주 독하다. 그러나 이 기간이 지나게 되면 몸은 오히려 더 건강해지고, 꽃은 아름다운 열매를 맺을 수 있을 것이다.

03

실패에서 반드시 교훈을 찾아라

나는 실험에 실패할때마다 성공을 향해 한발짝 한발짝
다가가고 있다고 생각했다. 실패 없는 성공은 없다. 실패의 교훈은 언젠가
자신에게 이익이 되어 돌아올 것이라 믿는다. - 토마스 에디슨

필자가 하는 도시계획 업무는 여전히 주
중은 일에 치여 하루가 어떻게 흘러가는지 모른다.

2016년 11월 어느날 오전 사무실에 바로 출근하여 공문 작성 후 처
리하고, 두 군데 협의가 있어서 10시반쯤 서둘러 외근길에 올랐다. 발
주처에서 부탁하는 일과 인력이 없어서 힘들다는 필자의 의견이 팽팽
한 줄다리기를 한다. 30분동안 서로 입장만 이야기하다가 절충하여
겨우 결론을 도출하였다.

내가 하는 엔지니어링 업무는 철저한 을의 입장에서만 이야기를 해
야 한다. 갑이 이야기하면 무조건 해야 하는 건 아니지만 그래도 어느
정도 성의를 보여줘야 한다. 그렇지만 또 힘에 부친다. 필자가 할 수
있는 범위가 있고, 그것을 넘어서는 일은 정작 목에 칼이 들어와도 일

이 있다. 계속 하라고 하니 속이 탄다.

　첫 번째 회의를 마치고 나오는 길.. 벌써부터 머리가 아프다. 물론 힘든 일이나 문제가 발생할수록 문제 해결에만 초점을 맞추는 것이 순리다. 짜증이 나고 머리가 지끈거리는 건 잠시 감정의 소용돌이다. 그래도 최근에 진행하는 프로젝트 마다 문제가 생겨 해결방안을 찾고, 작업하느라 야근은 일상이 되어버렸다. 계속되는 업무 스트레스와 피로 누적으로 건강에 또 이상이 생기지 않을까 했으나, 다행히 일을 하면 할수록 정신은 더 또렷해진다. 또 예전처럼 일이 잘못되거나 실패하지 않으려고 집중을 해야했다.

　두 번째 회의를 하기위해 아파트 조합에 도착했다. 일에 대한 서로의 입장이 또 다르다. 조합은 인허가를 빨리 진행해야 하니 어떻게든 일정에 맞추어 진행해라! 필자는 회사대표로 참석한 것으로 정확한 계약사항이 파악되지 않으면 미뤄야 한다라는 입장이다. 간단하게 끝날 회의가 서로 입장 차이만 내세우다 저녁이 되어 버렸다. 회사에선 무의미하고 아직 돈도 못 받은 프로젝트에 왜 이리 신경을 쓰느냐하고 전화로 꾸지람을 들었다. 그래도 실무자 입장에선 어떻게든 진행을 해야 하는데... 회사 내부 사정, 조합 사정등을 고려해서 중간에서 조율하는 것이 어려웠다.

그래도 예전에 일이 잘못되어 책임을 지고 회사를 퇴사한 사례가 있다보니 전화를 끊고 나서 돌아오는 지하철에서 이번 프로젝트가 실패했을 때 다음 비슷한 상황이 생기면 어떻게 대처할지에 대한 교훈이 먼저 떠올랐다. 두 번의 회의를 끝내고 집으로 돌아오는데, 일단 내일 업무는 생각은 내일하려고 했다. 그래도 업무에 대한 스트레스는 점점 심해진다. 이걸 또 내일 어떻게 윗선에 보고를 하고, 문제해결은 또 어떻게 해야할지.. 필자가 하는 이 업무는 정말 머리와 몸이 다 힘들다. 그래서 그냥 마음 편하게 예전처럼 또 실패하면 전전긍긍 하는 게 아니라 실패해도 분명히 그 안에 교훈은 얻을 수 있다고 생각했다. 일단 필자가 할 수 있는 범위 안에서 문제해결 방안을 찾는 것이 우선순위라고 생각했다.

작년에 첫 책 초고를 쓰고 출판 기획서와 함께 여러 출판사에 투고를 하면서도 당연히 처음엔 거절당할 것을 생각하고 있었다. 처음에 50군데에 투고하면서 그래도 필자의 글을 좋아하는 출판사가 몇 개는 있겠지 기대했다. 현실은 냉담했다. 모두 돌아오는 메일은 거절의 메시지였다. 처음 한 두 개는 뭐 처음이니 그럴 수 있다고 스스로 위안삼았지만, 계속되는 거절 메시지에 "그래.. 내가 무슨 책을 내겠어. 책을 내는 작가들은 정말 대단한 사람이야. 난 안될거 뻔해. 계속 해봐야 할까? 해봐야 계속 실패만 할텐데.." 라는 생각과 함께 자괴감만 들었다.

그래도 이왕 시작했으면 끝을 보자는 생각으로 계속되는 거절 메시지를 받지 않기 위해선 어떤 점이 좋을지 고민했다. 함께 거절을 당했던 출판사의 성향과 앞으로 투고할 때 내용을 어떻게 달리 써야 할지에 대해서도 얻을 수 있었던 것이 이 실패를 통한 교훈이었다. 물론 투고한 출판사 수가 많아지더라도 수정된 방법으로 보내도 계속 거절당하고 실패했다. 그래도 처음보다는 이 안에서 무엇이 잘못되었는지 찾아보고 다시 수정하고 투고하다 보니 결국 중소형 출판사 1군데와 계약할 수 있었다.

우리는 인생을 살아가면서 무엇을 시도하게 되면 실패와 성공이라는 결과는 항상 존재한다.

어떤 사람은 한번에 성공할 수 있지만 드문 일이다. 대부분은 크고 작은 실패를 경험한다.

끝까지 해내는 사람과 중간에 포기하는 사람의 차이는 이 실패를 통하여 대처하는 교훈과 태도에 달려있다고 본다. 자기가 했던 실패를 통하여 그 의미의 본질을 이해하고 그 안에서 교훈을 찾아서 앞으로 어떻게 나아가야 할지에 대한 태도를 찾아야 한다. 실패를 겪고 나서 가장 중요한 것은 본인이 입은 손실의 크기가 아니라 거기서 가르쳐 주는 교훈을 배우는 것이다.

크리스천 투데이란 신문칼럼에서 '실패에서 배울 수 있는 교훈' 이란 제목을 통해서 실패가 나쁜 것이 아닌 향후 인생을 보았을 때 유익한 점이 있다고 알려주고 있다. 그 다섯가지가 무엇인지 살펴보면

"첫번째 당신이 모든 것을 혼자 할 수 없다는 것을 깨닫게 한다. 너무 혼자서 많은 것을 혼자 이루려고 하기 때문에 다른 사람의 도움의 필요성을 간과하기 쉬워 본인의 한계를 인정해야 한다는 점이다.

두 번째는 어디서 잘못되었는지 알게된다. 실패하지 않는다면 어디서 잘못되었는지 알 수 없다. 당신이 요리에서 실패했을 때 무엇이 잘못되었는지 다시 요리책을 들여다 보면 된다.

세 번째는 성공이 전부가 아니라는 것을 깨닫게 된다. 가장 큰 실패는 실패에서 교훈을 얻지 못하는 거이다. 성공했을 때보다 우리 자신과 믿음의 능력에 대해 더 많은 것을 알게 한다.

네 번째는 결과보다 과정이 중요한 것을 배운다. 실패했다고 해서 노력이 헛된 것이 되지 않는다는 사실을 배울 수 있다.

마지막 다섯 번째는 실패가 결코 당신을 실패자로 만들지 못한다는 것을 알게된다. 실패하면 아무리 긍정적인 사람이어도 실패한 현실을 무시할 수 없다. 그러나 과거의 실수가 여전히 발목을 잡고 자신을 좌절하게 만들지 않게 해야 한다."라고 알려주고 있다. 실패에서 얻는 교훈을 잘만 활용한다면 오히려 무엇인가를 이루는 데 더 한 발짝 나아갈 수 있다고 생각한다.

2016년이 끝나가는 지금 아직도 필자는 실패하고 있다. 2015년부터 또다시 2년 넘게 근무했던 직장에서 월급이 밀리다 보니 가족생계가 어려워졌고 또한 일이 없자 다시 새로운 직장을 찾아봐야했다. 그리고 1년동안 다시 직장을 2번 옮겼다. 한 직장에서 오래 못 있는 이유는 남들의 시선으로 보면 잘못되고 실패자로 생각할 수 있을 것이다. 나한테 문제가 있고 실패했다는 생각도 한다. 하지만 내 인생을 장기간으로 보았을 때 나는 이번 이직이나 실패를 통해서 이제야 내가 가야하는 인생의 방향이 무엇인지 명확하게 알게 되었다. 이것도 실패를 통해 얻은 교훈이 아닐까 한다.

2001년 일본의 한 대기업도 해외지사까지 있고 2만여명의 종업원을 거느렸다가 한순간에 몰락하여 망한 사례가 있다. 그러나 이 기업의 회장은 이 실패에서 무엇이 잘못되었는지 분석하여 그 교훈을 찾아 컨설팅회사를 차려서 일본 각지에 강연을 하며 전화위복이 되었다. 실패의 원인을 분석 후 내용을 콕 찍어 알려주는 강연은 추후 일본재계 인사들과 경영인들이 들어야 할 코스가 되었다고 한다.

이렇게 무슨일을 하며 실패하더라도 좌절하지 않고 원인과 교훈을 찾아서 계속 우직하게 나아가면 좋은 결과는 반드시 오게 되어 있다. 지금이라도 하는 일이 잘못되거나 실패한다고 생각하면 잠깐 멈추어 거기에서 무엇을 배울 수 있는지 냉정하게 판단해 보는 것도 나쁘지 않을 것이다.

04

한번에 성공한 사람은 없다.

어떤 이는 내가 연전연승한다고 생각할 수도 있다.
그러나 그런 일은 있을 수 없다. 새로운 시도를 하면 실패는 당연한 것이 된다.
난 1승 9패라도 좋다고 생각한다. 실패하지 않는 것은 그들이 새로운 시도를 하지 않았거나
실패의 원인을 모르고 있다는 것이다. 정말로 유능한 경영자라면
이를 전패라고 생각해야 한다. - 야나이 다다시, 유니클로 회장

어린 시절 책을 좋아하면서 책 읽는 독서도 좋지만, 언젠가는 책을 쓰는 작가가 되어보고 싶다는 꿈을 꾸게 되었다. 어린 시절에는 책을 쓰는 사람은 정말 대단한 사람들이 쓰는 거라고 생각했다. 필자가 어릴때만 해도 흔히 말하는 이문열이나 황석영 같은 유명한 작가들이나 유명인사들이 책을 쓰는 분위기라 진입 장벽이 높았다. 그러다가 1990년대 여러 대중문화를 접하면서 일반 사람들도 판타지 소설이나 무협지, 만화책등 다양한 장르의 책들을 쓰게 되었다. 여기에 그 전과 다른 PC통신이라는 온라인 공간이 생기면서 불특정 다수가 정보를 공유하는 것이 가능해졌다. 이때가 대학 1학년 때였다.

대학에 들어가고 나서 쉬는 날에 여전히 책을 사거나 빌려 집에서 읽으며 시간을 보냈다.

특히 이 시기에 많이 읽었던 장르는 소설 종류로 특히 판타지 소설에 푹 빠질 때였다. 고등학교 시절에 이우혁의 〈퇴마록〉 시리즈를 너무 재미있게 읽은 기억도 있다. 또 이때 접했던 판타지 종류의 게임인 〈파이널 판타지〉, 〈드래곤 퀘스트〉와 같은 판타지 장르 게임에 푹 빠져서 지낸 추억도 있다. 이러한 추억을 공유하는 모임이 PC통신에 생겨 여기서 책 읽은 느낌을 공유했다.

그러다가 어떤 분이 자기가 직접 쓴 판타지 소설이라고 하여 지금 웹소설처럼 일주일에 2~3편씩 올리기 시작했다. 읽다보니 굉장히 재미가 있었고, 나도 한번 어릴 때 꿈이 생각나서 판타지 소설을 한 번 써보면 어떨까 문득 생각이 들었다. 고민을 며칠 하다가 안해보고 후회하는 것보다 그래도 해보는게 낫다는 생각에 도전을 하게 되었다.

판타지 소설은 예전 중세시대를 배경으로 한 가상의 세계에 키가 크고 예쁘게 생긴 요정 같은 "엘프", 나와 같은 사람을 표현하는 "휴먼", 난쟁이 캐릭터인 "드워프", 괴물 같이 생긴 "오크"등 여러 종족들이 등장하여 선과 악으로 대립하거나 한 종족에서 영웅이 나타나 악을 물리친다는 그런 류의 소설이다. 처음 일본 비디오 게임의 시나리오를 바탕으로 책으로 출간된 것이 시초라고 들었다. 〈로도스도 전기〉, 〈드래곤 퀘스트〉, 〈파이널 판타지〉와 같은 게임이 소설로 출간된 것으로 보면 된다. 나도 어릴 때 이 게임과 책을 모두 접하면서 가상세계에 대해 시나리오를 틈틈이 작성해 본 적도 있다. 그래도 이해가 안된다면 〈반지의 제왕〉, 〈해리포터〉류 같은 북미 판타지류의 영화를 보면 그런 장르의 책이라고 보면 된다.

필자가 기획했던 판타지 소설은 나와 같은 "휴먼"종족에 나약한 소년이 오크와 드워프 족의 협공으로 가족이 몰살당하고 엘프, 착한 드워프등 동료와 함께 복수를 하러 떠난다는 스토리였다. 지금 생각해보면 참 단순한 스토리다. 판타지 소설의 경우는 이런 전체 스토리도 중요하지만, 세계관이 참 중요하다. 지구와 같은 여러 나라들을 미리 정하여 지도에 표시를 먼저 한다. 그후 그 나라에 중요한 도시나 주요 산, 강등 목적지를 정해놓고 거기에서 일어나는 에피소드를 어떻게 구성할지 고민한다. 그리고 나서 전체 에피소드가 기승전결로 쭉 이어지는지 보고, 그 에피소드 장면장면 마다 어떻게 극적으로 표현할지 고민해야 한다.

그리고, 소설에 등장하는 등장인물도 매력적인 캐릭터로 구성하기 위해서 이름, 성격등을 디테일하게 설정도 해야한다.

필자는 일단 전체 스토리와 세계관, 인물설정까지 끝냈지만 에피소드 구성에서 중간에 막혀버리는 바람에 소설쓰기를 포기하고 말았다. 분명 쓰게 되면 한번에 성공할 줄 알았지만, 생각보다 복잡하고 또 학생이 공부를 해야하는 이런저런 현실의 벽에 부딪히다 보니 중단할 수밖에 없었다. 지금 생각해보면 어이없는 핑계를 대는 것 같기도 하다. 같이 시작했던 분들 중에 중간에 연재를 그만두신 분도 있었지만, 다시 심기일전하여 꾸준히 쓰다 보니 결국 소설가로 등단했다.

이분도 잘 쓰실때는 꾸준히 올리다가 소재에 막혀서 수개월 모임에서 잠적하고, 소설을 장기간동안 업데이트가 되지 않았다. 모임에 있던 사람들은 당연히 이 분도 필자처럼 중도에 포기한게 아닌가 하고 판단했다. 그러나 몇 달 뒤 다시 이 분의 소설이 그 다음 에피소드가 연재되기 시작했다. 알고 보니 소재 고갈로 본인도 한동안 소설 내는 걸 포기하려 했고, 처음에 반응이 좋으니 한번에 성공할 수 있겠구나 라고 기대를 많이 하셨던 것 같다.

그렇게 좌절하고 있다가 그래도 끝은 내야 되지 않을까라는 생각에 소재를 찾아보고, 다른 책들도 참고하여 자기만의 스토리를 조금씩 완성시켜 다시 진행할 수 있었다고 한다. 결국 이분은 판타지 소설연재를 마치고 책이 출간되고, 베스트셀러가 되었다. 한번에 성공할 수 있는 게 아니라 몇 번의 실패를 겪고 나서 재 시도하다 보니 결국 자기가 원하는 것을 이루었다.

그렇게 시간이 지나고 나서 사회생활을 하면서 힘든 시기를 겪으며 책을 집필해 보겠다는 꿈을 꾸게 된 필자는 예전 판타지 소설의 실패를 뒤로 하고 다시 한번 도전하게 되었다. 한번에 작가가 되는 꿈을 꾸었던 필자는 그것이 쉽지 않다는 것을 이미 알고 있었다. 그러나 한 번 더하면 될 수 있다고 확신이 들었기 때문에 재도전할 수 있었다. 책쓰기 수업을 마치고 이번엔 자기계발서(처세술) 장르로 내가 겪었던 스토리를 가지고 원고를 작성하기 시작했다. 쓰면서 잘 써지지도 않고, 내용도 참 부실하게 느껴질 때도 있었지만 이번엔 끝까지 해보자라는 목표가 있었기 때문에 무조건 밀어붙였다. 결국 초고를 완성한 날 예전 판타지 소설 중단에 포기한 것이 오버랩되면서 참 뿌듯하면서도 울컥하기도 했다. 남들이 뭐라해도 일단 고난 끝에 해냈기 때문에 내 가슴이 벅차고 감격했다. 물론 한번에 성공할 수 없지만, 뭐든지 몇 번이든 도전하고 시도해서 꾸준히만 한다면 성과는 나온다는 교훈을 얻은게 제일 큰 수확이었다.

요즈음 현실에서 젊은 시절에 취업을 하든 연애를 하든지 어떤 것에 성과를 얻기 위해서는 한번에 되는 경우는 거의 없다. 물론 준비를 잘해서 한번에 성공하는 사례도 분명 있지만, 그것보다 99%가 한번에 성공하는 경우는 없다고 보면 된다. 필자가 지금까지 살면서 한번에 성공한 것보다 몇 번을 도전하여 이루어낸 것이 월등히 많은 것을 경험했다.

《육일약국 갑시다》를 쓴 김성오 작가님의 말이다.

"성공의 크기에 연연하지 않고 매일 매일 경험을 쌓아 나가는 것이 중요하다. 나는 새로운 것을 시도할 때 마다 주위의 반응은 '무모하다'는 것이었다. 하지만 지금까지 사람들이 '안된다'고 하는 것의 50% 이상을 성공시켰다. 문제는 단 한번에 성공한 적이 없다는 것이다. 가능성이 보이는 것은 될 때까지 물고 늘어진 덕에 남들이 말하는 성공의 반열에 들어서게 되었다. 흔히들 시도조차 해보지 않고 안된다고 이야기합니다. 혹은 시작했더라도 한번 시도해보고 포기하고 맙니다. 나는 가능성이 보이는 일에 대해서는 그동안 들인 시간과 노력이 아까워서라도 쉽게 포기하지 않는다"

무엇보다도 중요한 것은 한 번에 성공하기 위해 준비를 잘하는 것도 좋지만, 한번에 안되더라도 포기하지 않고 계속 도전해 보는 것이다. 이 때 자기가 가지고 있는 힘에 조금만 더 도전해보는 의지를 가져야 한다. 계속 도전해 보는 것이 포기하지 않고 조금만 더 한번만 더 될 때까지 하는 것이 많은 실패속에서 성공으로 가는 지름길이 될 수 있다. 한번에 안 되었다고 환경탓만 하지말고, 마음가짐을 절실하게 악착같이 이루어보자고 생각하면서 조금만 더 하다 보면 반드시 성과를 낼 수 있을 것이다.

멋지고 당당하게 실패하자!

늘 시도했다. 늘 실패했다. 괜찮아, 괜찮아. 다시 시도하자.
다시 실패하자. 더욱 멋지게 실패하자! – 사뮈엘 베케트 (산문 '최악을 향하여')

당당하게 실패하라! 실패는 뭔가에 도전했다는 증거이며,
우리는 실패를 통해 성숙해지고 한단계 올라
설 수 있다. 비관하지 말고 당당하게 실패하라. 인생은 깊이가 넓이를 이기는 법이다.
– 앤 무어, 타임워너 CEO

어린시절부터 필자가 좋아했던 취미
중 하나가 노래 부르기였다. 잘하지 못하지만 초등학교 시절부터 사촌
누나의 영향으로 가요를 접하게 되면서 당시 가요테이프가 늘어질 때
까지 듣고 따라했던 기억이 난다. 그 시절이 1980년대 후반이었으니
박남정, 소방차, 변진섭등이 지금은 중년이 된 가수들이 인기가 있던
시절이었다. 초등학교 시절에도 반장이나 부반장 같은 감투를 맡아 장
기자랑을 하게 되면 앞에서 분위기를 띄우고 노래를 한 적도 많다. 박
남정의 〈널 그리며〉, 〈사랑의 불시착〉과 같은 당시 최고의 노래를 부
르고, 어설픈 춤도 춘 적도 있다.

이렇게 음악을 접하고 노래 부르기를 좋아했던 필자는 중·고등학교 시절은 공부, 짝사랑등에 대한 스트레스를 자연스럽게 노래방에 가서 노래부르는 것으로 많이 풀곤 했다. 지금도 만나는 고등학교 친구들의 추천으로 이승환, 신해철, 공일오비, 윤종신, 김동률(전람회), 이적(패닉)등 기존과 다른 또다른 음악을 접하게 되었다. 특히 나는 이승환과 신해철, 패닉, 전람회의 음악에 푹 빠져 친구들과 시험을 마치거나 스트레스를 받으면 같이 가서 이들의 노래를 미친 듯이 불렀다. 계속 노래를 부르다 보니 필자의 마음속에서 한번 도전을 해보자라는 생각이 계속 들었다. 그 도전이라 함은 바로 노래자랑에 한 번 나가서 내 실력이 어느 정도인지 확인해 보고 싶었다. 물론 노래를 잘해서 나가는 것은 아니었지만, 노래 부르는 것이 너무 좋아서 꼭 한번 나가고 싶었다. 그 당시에는 방송에 나오는 전국 노래자랑이 아니면 동네마다 소규모로 하는 노래자랑이 열렸다. 사춘기 시절이라 나가고 싶은 마음은 굴뚝 같았지만 용기를 내어 보지도 못하고 참가도 한번 못해보고 희망사항으로 끝나버렸다.

대학에 들어오고 나서는 매일 술 마시고 노래방에 가서 친구들과 노래하는 것이 일상이 되어 버렸다. 늘 노래방에 가면 마이크를 놓치지 않는 것으로 유명했다. 매번 부를때마다 필자는 꼭 노래자랑에 나가서 실패하더라도 내가 가진 실력을 보여주고 싶은 욕심이 계속 생겼다.

그러던 대학 1학년 2학기때 학교 축제에서 가요제가 열린다는 소식을 들었다. 단과대별로 예선을 거쳐서 1등한 팀이 본선에 올라가는 시스템으로 진행이 된다고 들었다. 필자는 이 가요제가 열린다는 대자보를 보고, 이제 기회가 온 것이라고 생각했다. 예선에 참가하겠다고 친구들에게 이야기하자 격려해주는 친구도 있었지만, 대부분이 네가 거길 왜 나가냐고 비웃었다. 그래도 필자는 어릴 때부터 도전해보고 싶은 꿈이었기에 다른 사람들의 말은 들리지가 않았다. 예선이 열리는 그날까지 노래방에서 미친 듯이 연습했다. 수업이 끝나고 혼자 가서 연습하기도 하고, 술먹고 친구들과 노는 셈치고 같이 연습하기도 했다. 예선에서 부르기로 했던 노래는 이승환의 〈천일동안〉이었다.

한창 축제가 단과대별로 열리면서 무르익는 동안 10월 어느 오후에 우리 단과대에서 가요제 예선이 열렸다. 필자의 기억에 총 15~20팀 정도가 예선에 나온 것 같다. 솔로도 있고, 듀엣도 있다. 물론 밴드나 팀으로도 구성된 팀도 있었다. 필자는 참가한 팀중에 13번째 순서였다. 앞에 나오는 사람들의 노래를 들으며 어떻게 부를까 생각을 하고 있었지만, 긴장이 되는 것은 어쩔 수 없었다. 입은 계속 바짝바짝 타들어갔다. 드디어 필자 순서가 되었다. 이승환의 〈천일동안〉은 총 두 번의 간주가 있다. 노래가 처음에는 조용히 시작하고, 중간에 조금씩 템포가 올라가다가 두 번째 간주 지나면서 클라이막스로 향하는 구조로

되어 있다. 두 번째 간주 전까지는 괜찮았다. 두 번째 간주 끝나고 바로 "그 천일동안~~~ 힘들었었나요~~~"이 부분에서 소위 삑사리라 하는 음이탈이 나버렸다. 가요제 전날까지 연습을 하다가 목상태가 나빠진 것을 몰랐다. 결국 본시합에서 실수를 했지만, 당황하지 않고 최선을 다해서 끝까지 불렀다. 물론 박수갈채는 받았으나, 생각만큼 크진 않았던 걸로 기억한다. 당연히 본선에는 나갈 수 없는 결과를 받았다. 그래도 필자가 하고 싶은 것에 도전을 했기 때문에 후련하고 기분은 좋았다. 결과는 실패했지만 스스로에게 당당했다. 다른 대회나 또 기회가 있다면 도전해 보고 싶었다.

2학년이 되고 나서 다시 한번 가을이 오고, 가요제가 열린다는 대자보를 보게 되었다.

이번 기회에 군대 가기 전에 원없이 한번 나가서 불러보자는 마지막이란 생각에 친하게 지내던 1학년 후배를 꼬셔서 한번 나가보자고 했다. 후배 친구도 허스키한 보이스가 매력적인 친구여서 술 먹고 노래방가서 노래하는 것을 좋아했다. 취미도 비슷하여 신입생 때부터 친하게 지냈다. 후배가 흔쾌히 허락을 하고, 둘은 의기투합했다. 이때 선곡한 노래는 예선에서 부를 노래는 육각수의 〈홍보가 기가 막혀〉였고, 예선을 통과하여 본선에 나가게 되면 이적과 김동률이 프로젝트 그룹으로 결성한 카니발의 〈그땐 그랬지〉라는 노래를 부르기로 했다. 일단 예선곡인 〈흥보가 기가 막혀〉를 연습하고 본선에 대비한 〈그땐 그랬지〉라는 곡을 가지고 필자는 이적 파트, 후배는 김동률 파트로 나누어 역시 가요제를 대비하여 노래방에서 열심히 연습을 했다. 혼자일 때보다 둘이 하니 서로 조언도 하면서 아주 재미있게 연습을 했다.

다시 한번 가요제 예선이 열리는 날.. 필자와 후배는 혼신의 힘을 다해 춤도 추고 파트를 나누어 육각수의 〈흥보가 기가 막혀〉를 완창했다. 실수도 없었고, 노래가 끝난 다음에는 엄청난 호응이 쏟아졌다. 필자는 우리가 1등하여 본선에 나가는 걸 확신했다. 그러나, 본선에는 우리가 아닌 여자후배가 나가게 되었다. 그래도 이 가요제를 위해 혼신의 힘을 다해 연습하고 도전했기에 후련했다. 가요제 예선이 끝나고 뒷풀이 자리에서 필자는 후배와 한잔 하면서 수고했다고 회포를 풀었다. 정말 멋지고 당당하게 실패했기 때문에 기분은 날아갈 듯 좋았다.

나중에 들은 이야기로는 우리가 1등을 했지만, 공과대학 특성상 남자가 많아서 본선에는 공과대에도 예쁜 여자 학생이 있다는 것을 보여주자는 단과대 회장단의 농간으로 〈그땐 그랬지〉를 들려주지 못했다. 그 소식을 듣고 두고두고 아쉬웠다. 이유는 그 여자후배가 본선에 나가 너무 조용한 노래를 부른 나머지 그걸 본 필자와 후배는 저 무대가 우리 무대였는데 한숨을 내쉬었다. 그래도 결과는 실패였지만 필자와 후배는 멋지고 당당했다. 다음에 그런 자리가 있다면 다시 한번 할 수 있는 기회가 있다고 생각했기 때문이다. 그러나 내가 군입대 하고 나서 그런 기회는 없었다.

이후 군대를 다녀오고 복학생 신분으로 가요제에 나가고 싶었지만, 공부에 몰두해야 하는 처지이다 보니 예전 기억을 꼼씹으면서 취업준비에 몰두했다. 취업도 열심히 준비하여 이 정도면 되겠지 하고 대기업에 갈 수 있다고 자신했지만, 4학년 2학기 내내 대기업, 공사, 중견기업도 떨어지고 결국 전공을 살려 작은 설계회사에 들어가게 되었다. 그 당시에는 이게 실패라고 생각이 들어 대기업, 공기업에 들어가거나 공무원이 된 친구들을 보면 위축되고 그랬다. 그러나 지금 생각해 보면 그런 경험들이 책을 쓰게 하고 나를 돌아보게 한 멋지고 위대한 실패가 되었다. 내가 원하는 길을 처음부터 가지 못하고, 노력한 것이 물거품이 되어 남들과 다른 길을 가더라도 추후 더 좋은 기회들이 올수 있다는 사실을 깨달았다.

지금도 나는 수없이 실패를 겪고 있지만 앞으로는 그것이 멋지고 당당한 실패라고 받아들이고 또다시 새로운 도전을 하려 한다. 여러분들도 실패를 두려워 하지 말고 당당하게 받아들이고 다시 한번 최선을 다해 보는 것은 어떨까?

06

실패할 리스크를 각오하자!

나는 요즘 네버업(never up), 네버 인(never in)을 직원들에게 강조한다.
이는 골프에서 퍼트를 할 때 홀컵을 지나칠 정도로 과감하게 치지 않으면
공은 절대로 홀컵에 들어가지 않는다는 의미이다. 회사 경영도 다르지 않다.
리스크를 무릅쓰고 도전해도 실패할 수 있지만 시도하지 않는다면
성공할 가능성은 아예 없다. – 김신배 SK 텔레콤 사장

어린시절 필자는 달리기와 축구를 좋아
했지만, 운동신경이 뛰어난 편은 아니었다. 특히 손아귀와 팔에 힘이
없어서 철봉에 매달리거나 구름사다리를 잡고 건너는 것에는 겁이 나
서 시도도 못하였다. 특히 구름사다리의 경우는 내 키보다 1.5배나 높
았다. 다른 친구들은 올라가서 잘 건너가는데, 난 매달리기만 하면 한
번 이동하다가 바로 떨어졌다. 선생님은 옆에서 "천천히 하면 잘 할
수 있어!"라고 하시며 격려를 해 주시지만, 겁이 나서 혼자 가만히 서
있다가 울어버렸다. 이쪽에서 저쪽으로 힘들게 성공한 친구들은 그 모
습을 보고 남자가 되어 그것도 못하냐고 비아냥댔다. 구름사다리에서
떨어질 리스크를 각오하지 못하고, 시도조차 해 볼 생각 없이 미리 겁

만 먹었다.

　이 공포증은 군대에 가서도 계속되었다. 기초 군사훈련을 받는 중 각개전투 훈련과정에 평행봉을 잡고 건너가는 구간이 있었다. 다른 동기들은 빨리 다 통과해서 가고 있는데 나 혼자 마지막까지 줄에 매달린채 어떡하지 겁에 질려서 얼어버렸다. 조교가 어서 건너라는 명령도 듣지 못한채 혼자 털썩 주저앉아 버렸다. 예전 구름사다리를 못 건너던 그 공포가 다시 생각나 이것도 못할 거라 미리 판단하다 보니 몸이 움직여지지 않았다. 그 찰나에 동기가 나를 끌고 가서 그 평행봉을 잡게 했다. 이미 잡고 있기 때문에 그 구간을 통과하지 않으면 필자는 훈련에서 낙오된다. 어차피 구간을 못 건너더라도 안하는 것보단 나을 것 같아서 천천히 하나씩 잡고 이동했다. 실패할 각오를 하고 마음을 바꾸어 시도했더니 의외로 쉽게 건너갔다. 이상한 일이었다. 그 리스크를 각오하고 시도해 보니 오히려 결과가 좋았던 것이다. 조교도 할 수 있으면서 왜 처음엔 그리 겁에 질려서 가만히 있었냐고 다그쳤다. 동기들도 한심한 눈으로 보다가 추후 저녁식사때 어린시절의 구름사다리 추억에 대해 이야기하니 수긍하는 눈치였다.

　대학 2학년 여름방학때 운전면허를 따기 위해 동네에 있는 학원에 등록했다. 첫날 코스 실습을 위해 강사와 함께 처음 차에 올라탔다. 차에 타자마자 시동을 못 걸어 강사가 다그친다. 차키를 넣고 브레이크 밟은 채 시동을 걸면 되는 걸 몇 번을 실패했다. 시동을 걸고 겨우 첫 코스인 언덕코스에 진입했다. 중간쯤 올라가다 클러치를 잘못 조작하여 시동이 꺼져 버렸다. 그렇게 몇 번 꺼지고 겨우 언덕을 넘은 후 교차로에 진입하는 두 번째 코스에서 그만 과도한 핸들조작으로 마주오던 연습차량과 사고가 날 뻔 했다. 다행히 부딪히지 않았으나 그 트라우마로 도저히 운전은 못하겠다고 바로 나와버렸다. 며칠동안 차만 지나가는 것만 봐도 가슴이 울렁거렸다. 다시는 핸들을 못잡고 운전은 이제 못하겠다는 생각이 들었다. 필자는 무엇인가를 하려고 할 때 겁이 나고 무서워지면 그때부터 실패하고 사고날까봐 몸이 굳어버렸다. 그때부터 신경이 너무 날카로워져 정신적으로 스트레스를 받게된다.

며칠을 그 트라우마로 고생하다가 같이 신청했던 친구는 벌써 코스 과정을 다 이수하여 강사없이 혼자 연습을 할 정도가 되었다. 친구는 며칠 나오지 않는 나를 보고 왜 그리 소심하고 겁이 많은 거냐 하며 그냥 마음비우고 한번 못한 걸 가지고 그러면 계속 못할거라며 다시 응원해주었다. 거기에 용기를 얻은 난 다시 핸들을 잡고 천천히 마음을 비웠다. 그래 어차피 시험에서 떨어져도 그만이니 시동을 걸고 언덕코스부터 시작하여 코스 과정을 조금씩 익혔다. 또 S자 코스 돌다가 벽에 부딪히고, 또 T자형 주차하다가 차 범퍼 다 긁히면서 실수를 연발했다. 하지만 그 실패할 리스크를 각오하고 운전면허를 따기 위해 도전했기 때문에 하루가 다르게 적응하기 시작했다. 결국 연습에 익숙해진 나는 코스시험과 도로주행 시험에 한번에 합격하면서 도로를 누비는 드라이버가 되었다.

필자는 어릴때부터 좋아하고 딱 봤을 때 잘할 거 같은 일은 아주 자신감 있게 척척 해냈지만, 반대로 아무리 시도해도 안 될거 같은 일은 처음부터 시도조차 안하던가 한번 해보고 실패하면 나 하고는 안 맞는구나 라고 딱 선을 그었다. 그러다가 안되는 일은 한번 해보고 결과가 좋지 않으면 실패할 리스크가 커서 감당하는 게 너무 힘들었다. 이걸로 정신적인 스트레스와 우울증까지 오고 난 역시 안되는구나 자괴감까지 들게 되었다. 업무도 마찬가지였다. 딱 보기에 어떤 어려운 문제가 생기면 몇 번이라도 실패를 각오하고 부딪힐 생각을 해야 하는데, 실패할까봐 두려워 늘 피하기만 했다. 쉬운 길만 찾아서 가려고 했다.

지금까지 사회생활을 하면서 여러 번 이직했던 사유 중의 하나도 물론 임금체불등으로 인한 현실적인 이유도 컸지만, 어떤 어려운 업무가 주어졌을 때 그걸 헤쳐나가는 힘이 부족하여 실패할 리스크를 감당하지 못해 정신적인 스트레스를 다른 사람보다 많이 받았다. 지금은 예전보다 많이 나아졌다고는 하나 아직도 실패하면 어쩌나 하는 두려움은 다른 사람들보다 예민하게 받아들이는 편이다.

아무래도 천성 탓도 있지만 어릴때부터 의지 부족으로 무엇인가 시도했을 때 안되면 그냥 포기하는 스타일이었다. 어릴 때 친구들과 구슬치기나 팽이치기, 오락실에 있는 어떤 대전을 한다고 했을 때 한번 지고나면 그냥 순순히 난 안되는구나 하고 포기했다. 다른 친구들은 지면 분해하고 당구 게임에서 지면 몇날 며칠을 또 연습을 해서 다음에는 그 친구에게 복수하곤 했다. 이렇듯 실패할 리스크를 각오하고 다시 도전하여 무엇인가를 한다면 성과가 나오는 것은 당연했다.

지나고 나서 생각해 보면 정신적으로 참 나약했다. 마음이 늘 불안하고 저걸 해서 안되면 어떡하지 라는 부정적인 마인드가 계속 지배했다. 그러다 보니 어떤 새로운 것을 시도한다거나 업무를 맡게 되었을 때 두려움부터 앞서다 보니 더 소심해졌다. 소심한 마음에 더 시도도 못하고 어설프게 하다 말고 하니 발전도 없고, 늘 실패할 리스크 걱정에 무엇인가를 이루지도 못했던 것 같다. 이제야 이런 내 자신을 받아들이고 작년부터는 어떤 새로운 일이 생기면 일단 마음을 가다듬고 할 수 있다는 자신감을 먼저 불어넣고 있다. 누구나 사람이 하는 일에 있어서 모든 일에 완벽할 수 없고 실수하거나 실패할 수 있다.

자기가 정한 목표를 이루지 못하거나 실패하더라도 그 과정에서 최선을 다했으면 그걸로 괜찮은 것이다. 젊다는 것이 좋은 것은 언제든 몇 번이고 실패해도 그 리스크는 감당할 수 있을 정도니 말이다.

전옥표 저자가 쓴《이기는 습관》이란 책에는 이런 구절이 나온다.

"인생은 넘어지고 일어섬의 연속이다.

넘어지면 일어서면 된다.

많이 넘어지고 다시 일어서는 가운데 불굴의 의지가 생겨난다.

순간의 실패는 누구에게나 찾아온다.

실패만으로 패배가 아니다. 일관되게 자신의 꿈을 유지하고 어려움이 오더라도 굴복하지 않으며,

시간이 걸리더라도 포기하지 않고 최선을 다하는 것,

그 상태에 머물러 있는 것이 이기는 것이다."

실패할 리스크를 각오하고 계속 전진하는 것이 중요하다라고 역설하고 있다.

주위를 봐도 정신력이 강하고 자기에 대한 믿음이 강한 사람은 몇 번이고 실패하더라도 좌절하지 않고, 또 리스크를 각오하고 계속 시도한다. 스스로를 사랑하기 때문에 남의 말을 듣지 않고 자기 주관적으로 다시 도전할 수 있는 기회를 가지게 된 것이다. 자기계발을 위해 무엇을 하든지 , 또 어떤 일에 대해 문제가 발생했던지 간에 지금부터라

도 실패할 리스크를 각오하고 몇 번이든 다시 시도하여 실행을 해야 성공이든 실패든 결과가 나타난다. 읽고 있는 당신이 지금 나처럼 실패할까봐 두려워 망설이고 있다면 당장 책을 덮고 그 리스크를 각오하고 무엇이라도 용기를 내어 시도해 보는 것이 더 좋을 것이다.

Chapter

03

청춘이 가진
최고의 무기

"두려워하지 말고 실행하라"

일단 실행하고 저지르면
그 시도하는 과정 속에서 또다른 길을 찾을 수 있을지도
모르니 말이다. 오늘이라도 망설이지 말고 과감하게
젊은이가 가지고 있는 특권인 만큼 실패를 두려워하지
말고 실행하고 저질렀으면 한다.

01

도전할 수 있는 자유

자유란 그 누가 그 누구에게 주는 것이 아니라, 단지 자기 자신에 의해서만
얻을 수 있을 것이다. - **톨스토이**

자유에는 의무라는 보증인이 있어야 한다.
그것이 없으면 한낱 방종에 지나지 않는다.- **뚜르게네프**

누구나 그렇듯이 중·고등학교 시절은 입시 준비로 공부하느라 아니면 학생의 신분이다 보니 할 수 있는 것에 제약이 많다. 그러다 보니 빨리 성인이 되어서 하고 싶은 것을 마음껏 하고 싶다는 소망을 갖게 된다. 빨리 대학생이 되어 공부나 연애, 여행등을 하고 싶어한다. 성인이 되면 부모님 품에서 벗어나 자유를 가지게 된다는 의미인데다 자기 마음대로 할 수 있는 시간적인 자유까지 생기게 되니 일석이조의 효과를 볼 수 있다. 필자도 고등학교 시절에 짝사랑과의 실패, 입시의 스트레스등으로 빨리 스무살이 되어 대학생이 되면 하고 싶은 것을 누릴 수 있는 자유를 가지고 싶었다.

대학 수학 능력시험을 보고 나서 시험결과가 좋던지, 나쁘던지 일

단 시험이 끝났다는 것과 그동안 입시준비에 하고 싶은 것을 하지 못했던 제약에서 벗어났다는 것에 대부분 학생들은 이제 자유다 하며 그 시간을 만끽한다. 필자도 시험 보고 나서 성적표 나올때까지 매일 친구들끼리 몰려다니며 당구도 치고, 노래방도 가고 운동도 하면서 하고 싶은 자유를 누렸다. 이렇게 20대 시절 자유는 다른 나이와는 틀리게 자기가 해 보고 싶은 것에 대한 모든 기회를 누릴 수 있는 자유의 특권이 있다. 어릴 때 소망했던 자신의 목표를 위해 준비할 수 있는 여건과 시간도 많이 있다. 성인이 되고보니 부모님 으로부터 독립을 하여 오로지 자신만의 시간이나 공간적인 자유를 얻을 수도 있다.

필자는 대학에 들어가고 나면 정말 해보고 싶은 것이 많았다. 공부도 원없이 해보고 싶었다. 연애도 미친 듯이 해보고 싶었다. 여행도 다닐 수 있는 만큼 다니고 싶었고, 동아리 활동에도 적극적으로 참여해보고 싶었다. 술도 원없이 마셔보고 싶었다. 많은 사람들을 만나서 교류하고 싶었다. 이런 마음에 신입 오리엔테이션 첫 날부터 많은 동기들에게 먼저 가서 인사하고, 이야기도 나누면서 친해지려 노력했다. 저녁에 선배들이 주는 환영주도 원없이 마셨다. 장기자랑에도 적극적으로 참여했다. 무엇이라도 시도해 보며 하고 싶었던 것을 할 수 있는 자유를 얻고자 노력했다.

입학 이후 여행을 너무 가보고 싶어서 여행 동아리였던 〈유스호스텔〉

에 가입하여 1년 활동하는 동안 제주도, 지리산 종주등 평소에 해 보지 못했던 그런 자유를 만끽했다. 중·고등학교 시절엔 꿈도 꾸지 못할 일이었다. 나는 선천적으로도 어디 얽매이는 것을 싫어했다. 그래서 성인이 되면 정말 하고 싶은 것을 하는 것이 현명하다고 판단되어 해 볼 수 있는 모든 것에 도전했던 것 같다. 물론 중간중간 시행착오나 실패도 많이 겪었지만, 나름대로 적극적으로 하고 싶은 것을 할 수 있는 자유는 꽤 누렸던 기억인 난다. 1년동안 동아리를 통해 전국 많은 곳을 다니면서 여행을 통한 자유를 누릴 수 있다라는 것에 대해 처음으로 희열을 느꼈다.

이후 사회생활을 시작하고 나서 사원시절 사례조사로 일본에 가게 되었다. 우연히 얻게 된 기회였고, 해외에는 처음으로 나가는 거라 설레었다. 그 동안 대학졸업 후 취업하고 먹고 사는 문제, 일이 바쁘거나 가족 때문등 많은 현실적인 이유로 하고 싶은 것에 도전하지 못했다. 특히 여행을 간다는 것에 대해 돈을 쓴다는 것이 크게 갈등이 되었다. 그것을 모아서 결혼자금이나 주택도 구입하는데 써야 해서, 나중에 상황이 좋아지면 가야 한다는 생각이 컸다. 그러나 우연한 기회에 일에 대한 사례조사로 가게 되어 해외로 나간다는 생각에 기대가 많이 되었다. 회사 상사 두분과 동기, 필자 이렇게 4명이 참석하고, 타건축설계사무소, 지자체 관계자등 20명 정도가 참석하는 대규모 출장이었다. 4박 5일의 일정으로 교토, 히메지 역사관광, 유후인 온천관광으로 이어지는 코스로 식사도 매 끼니가 코스요리로 나와 정말 원없이 맛있게 먹었다. 사례조사 일정으로 돌면서 남는 시간은 자유여행으로 여기저기 구경다니고, 저녁에는 일본음식도 맛있게 먹었다. 일정이 끝나고 한국으로 돌아오는 비행기 안에서 조금 더 여행을 했으면 하는 생각이 들 정도로 여행이 주는 즐거움에 심취했다. 여행이 주는 자유가 너무 좋았다. 젊을 때 친구들이 빚을 내서라도 여행을 왜 가는지 이제 이해가 되었다.

이후 이직했던 새로운 직장에서 프로젝트의 성공과 그 동안 일을 열심히 했다는 성과의 의미에서 미혼 직원들끼리 유럽여행을 갈 기회가 주어졌다. 추석연휴를 끼어 9박 10일 일정으로 이탈리아의 로마, 베네치아, 스위스의 루체른, 독일의 뮌헨·퓌센·프랑크푸르트로 이루어진 3개국 6개 도시를 가게 된 것이다. 정말 오랜만에 유럽으로 나가는 생각에 전날까지 잠을 설치며 또 여행이 주는 자유를 만끽한다는 생각에 아주 들떴다. 홍콩을 경유하여 도착한 로마에서 아름다운 성당과 야경, 수상도시 베네치아의 아름다운 풍경, 정말 살고 싶은 생각이 들었던 공기 맑은 루체른, 맥주축제로 온 동네가 시끄러웠던 뮌헨, 동화의 나라에 온 듯한 퓌센 등 여행하는 순간순간이 그저 나에겐 새롭고 기분 좋은 경험이었다. 이런 것도 젊은 시절에 도전할 수 있는 자유로운 시간이 있기에 많은 나라를 여행할 기회를 만드는 것도 추후 좋은 경험이 되리라 확신한다.

축구 경기를 즐겨 보는 필자에게 몇 년 전 한 프로그램이 눈에 띄었다. 〈청춘 FC〉라는 예능 프로그램으로 어릴 때 학창시절이나 아마추어 시절 축구를 하다가 실패하거나 좌절하는 젊은이들이 다시 이 청춘 FC를 통해 축구에 도전하는 이야기를 다루고 있다. 몇 번의 테스트와 시합을 통해 통과하게 되면 프로에 데뷔할 수 있는 기회를 주는 내용이 담겨있다. 한때 유망주였다가 잦은 부상으로 축구를 접어야 했던 사람, 집안이 너무 힘들어 잘하는 축구를 포기하는 사람 등이 다시 한 번 이 프로그램에 문을 두드렸다. 이 팀의 감독이자 진행자로는 얼굴도 잘 생기고 축구실력도 최고였던 안정환과 2002년 한일 월드컵때 투지가 대단했던 이을용이 맡았다. 사실 안정환도 불우한 어린시절에 피나는 연습과 끊임없는 도전으로 최고의 자리에 오른 선수다. 얼굴만 보면 고생하나도 안하고 큰 엘리트 선수 같지만 오히려 그 반대라 더 호감이 갔던 선수이기도 하다.

이 프로그램에서 안정환 감독은 뽑힌 팀 선수들에게 다시 한번 도전할 수 있는 자유와 기회가 준 것이니 이것을 놓치지 말고 최후의 순간까지 최선을 다해달라고 이야기한다. 오랜만에 진지하게 그 말을 들은 나도 젊은 시절에는 자유로운 선택이나 시간이 많기 때문에 그 시간을 잘 활용하여 자기만의 자유로 실패 하더라도 끊임없이 도전하는 것이 옳다고 느껴졌다.

결국 이 프로그램이 끝나갈 때쯤 자유롭게 도전했지만 2~3명이 프로팀에 데뷔한 것으로 알려지고 있다.

불혹을 앞둔 지금도 필자는 자유롭게 또다른 도전에 나서고자 한다.

지금까지 20년동안 나를 괴롭히고 있는 술에 대한 도전이다. 그 동안 많이 마셨기에 이젠 금주나 절주로 생활패턴을 바꾸고, 좀 더 내 마음을 자유롭게 컨트롤하기 위한 도전이다. 조금씩 하루하루 지켜나가기 위해 노력하고 있다. 또다른 의미에서 술에서 자유로워져 다른 도전을 하고 싶은 이유이기도 하다. 세상은 행동하는 사람에 의해 변화한다고 한다. 청춘이 가질 수 있는 최고의 무기 중 하나는 바로 자유다. 여기에 덧붙이면 어떤 것에 도전하고 시도할 수 있는 시간적인 자유도 포함되어 있다. 몇 번이고 도전하여 깨지고 실패하더라도 그것을 회복시킬 만한 자유가 있다. 난 이 시기에 그냥 되는대로 살고, 무엇인가를 하기 위해 시도를 해본적도 없다. 일할 자유가 있었고, 시간적인 자유가 있을 때는 술먹고 신세한탄만 했었으니 말이다. 지금 당신은 청춘이다. 젊은 시절에 실패하는 것은 나이 들어 실패하는 것보다 훨씬 좋은 일이다. 하고 싶은 여행을 하든, 실패해서 다시 무엇인가에 도전을 하든. 지금 당신이 가진 자유라는 것이 최고의 바탕이 될 것이다. 도전할 수 있는 자유를 생각하며 오늘도 한번 무엇이든지 도전하는 사람이 되었으면 한다.

02

쓰러질 수 있는 패기

젊은 날의 매력은 결국 꿈을 위해 무엇을 저지르는 것이다. – 엘빈 **토플러**

대학에 들어가고 나서 같은 과 활동에 적극 참여하고 있었지만, 다른 과 학우와도 친해지고 싶은 마음에 중앙 동아리에 가입하고 싶었다. 교내 한가운데 중앙 동아리 건물이 따로 있어서 수업이 없는 공강시간에 어떤 동아리가 있는지 한번 구경을 가기로 친한 동기와 가보기로 했다. 그때 우리 과 친구들이 많이 들었던 동아리는 과 특성상 캐드 프로그램을 써야 했기 때문에 거기서 도움을 얻을 수 있는 컴퓨터 동아리였다. 여기도 가입을 하고, 영화나 만화 동아리등 여러 동아리방에 돌아다니며 선배들의 설명을 들으면서 어떤 동아리가 좋을지 고민했다. 그렇게 몇 개를 돌아다니다가 최종적으로 여행 동아리인 "유스호스텔"을 선택하게 되었다.

그렇게 가입하고 나서 첫 모임에 나가 선배들과 인사를 나누고 여행 동아리에 대한 규칙을 들었다. 여행 가서 "술 금지, 여자회원 화장 금지등"에 대한 것들을 숙지하고, 근교로 엠티 비슷하게 첫 여행을 떠나게 되었다. 그렇게 1학기 내내 한달에 한번씩 마지막주 금요일 저녁에 여행을 떠나 토요일이나 일요일 오전에 오는 코스로 다양한 장소로 여행을 갔다. 일년중 여행의 하이라이트가 여름방학 중 15일을 가는 제주도 여행이었다. 더운 여름에 버스를 타고 진도까지 가서 거기에서 또 배로 제주도로 가는 빡빡한 일정이었다. 최소한의 경비로 가자는 주의로 정말 웬만한 패기가 아니고, 또 젊은 나이가 아니라면 도전할 수 없는 그런 목적의 여행이었다. 제주항에 도착하면 제주도의 일주도로를 걸어서 한바퀴를 돌면서 명소를 구경한 후 식사도 직접 해 먹고, 숙박은 텐트에서 해결하는 정말 극기훈련 이나 국토대장정 같은 것과 비슷하게 진행이 되는 여행이었다.

여름방학이 되고 나서 나는 여행경비도 모으고, 다음 학기 용돈도 벌어야 할 겸 아르바이트를 시작했다. 아르바이트도 젊은 시절 아니면 하기 힘든 직종을 찾았다. 최종적으로 선택한 아르바이트는 두 개로 패스트푸드점과 식당 서빙 알바를 하기로 했다. 패스트푸드점은 일주일 풀 근무에 하루 4시간, 식당근무는 주말빼고 5일에 3시간으로 나누어 하기로 했다. 패스트푸드점에서 근무할 때 처음에 손님들 계산을 담당하는 캐셔로 근무하다가 주방에 햄버거, 치킨등을 만드는 위치로 옮기게 되었다.

　이때 많은 아르바이트생들이 햄버거나 치킨등을 만드는 것은 더럽고 어렵다 생각하여 그만두는 경우가 많았다. 필자는 과감히 한번 도전해 보고 싶어 젊은 패기에 다 할 수 있다고 용기있게 캐셔 생활 일주일후 바로 주방으로 들어가게 되었다. 20살 처음으로 주방에 들어가 그 많은 햄버거 만드는 방법, 소스 이름, 얼만큼 재료가 들어가는지 등 수많은 매뉴얼을 숙지해야 했다. 주방에 들어와서 다 낯설게 느껴지니 괜히 햄버거 만든다고 자원해서 후회가 되었지만, 그래도 한 번 해보자는 생각에 다시 도전했다. 내가 만든 햄버거가 손님들에게 전달되어 먹는 상상을 하면서 계속되는 실수에도 결국 시간이 지나자 모든 매뉴얼을 숙지하고 즐기면서 만드는 경지에 까지 이르렀다. 이것도 지금 생각해보면 젊은 패기가 아니라면 햄버거 만드는 일에 도전도 못 해봤을 것이다. 식당 알바도 장작 갈고 숯불 피우는 일에 앞장서서 해보겠다 하여 처음에 불 다 꺼뜨리고 실수도 많이 해서 짤릴 뻔 했지만, 그래도 패기있게 꾸준히 도전한 끝에 익숙해지게 되었다.

　이렇게 한 달 반 정도 아르바이트를 하고 동아리의 제주도 여행경비를 모았다. 여행 전날까지 아르바이트를 마무리하고, 여행짐을 정리한 후 다음날 일단 서울 반포터미널에 모였다. 선배를 포함하여 20여명에 가까운 인원이 모였다. 다들 큰 배낭과 조별로 가져온 텐트, 가서 먹을 쌀이나 반찬등을 한가득 들고 가게 되었다. 아직 군대에 가기 전이다 보니 같이 가는 복학생 선배들은 거의 행군 수준일터이니 각오단단히 하라고 한다. 더운 여름이라 걷다가 탈진하는 경우도 있고, 일사병으로 쓰러질 수도 있으니 더더욱 조심하라는 조언에 나는 덜컥 겁이 났다.

"아 괜히 간다고 했나? 그냥 가족들이나 친한 친구들하고 피서지나 가서 편하게 쉬다 오면 좋을 거 같은데..."라는 생각이 머리를 맴돌았다. 짐을 버스에 싣고 진도로 가는 버스에 몸을 실었다. 버스에서는 일단 잠을 자둬야 나중에 편할 거라는 선배들의 말을 듣고 억지로 잠을 청했다. 진도까지도 5시간이 넘게 걸려 도착했다. 그때는 지금처럼 ktx도 없고 가장 빠른 기차도 새마을호라 목포나 순천까지도 4~5시간을 가야 도착할 수 있었다. 기차도 아닌 버스로 가니 차가 막히면 배이상으로 걸리는 건 당연했다. 진도항에 도착하니 벌써부터 몸이 피곤하다. 개인 배낭도 있는데 남자들은 텐트와 다른 짐까지 들고 걸어가야 했다. 진도항에서 제주도를 가는 배는 그 당시 하루에 두 번 밖에 없었다. 첫 날밤 늦게 도착하다 보니 진도항에서 일단 텐트를 치고 노숙을 했다. 정말 피곤한지 눕자마자 코를 골며 잤던 기억이 난다.

선배들이 깨우는 소리에 비몽사몽 씻지도 못한 채 쌀을 씻어 밥을 하고, 국을 끓이기 시작했다. 모든 일은 오롯이 우리가 스스로 해결해야 하는 상황이었다. 막내인 1학년생들은 선배들의 통솔 하에 우선 코펠과 버너를 준비하는 것부터 쌀을 씻고 밥을 짓는 일, 찌개에 들어갈 재료들을 손질하는 일, 그리고 마지막에는 국물의 맛을 내는 일까지 모든 작업을 도맡았다. 난생 처음으로 버너에 코펠로 밥을 짓다보니 실수 연발이었다. 물의 양을 맞추는 것부터 불의 세기를 조절해서 뜸을 들이는 과정 등까지 선배들이 가르쳐 준대로 열심히 한다고 했지만, 결국 밥은 반쯤만 익은 듯 설익어 욕만 잔뜩 먹고 말았다.그렇게 욕을 반찬으로 눈물에 밥을 말아먹은 후 진도항에서 배를 타고 한참을 지나 제주항에 도착했다. 제주항에 내린 일행은 협재와 중문 쪽으로 돌기로 했다. 방향을 정하자 일주도로를 따라 일렬종대로 나란히 걸으며 이동하기 시작했다. 아침부터 저녁까지 열 시간을 걷는 강행군이었다. 걷다가 때가 되면 잠시 모여앉아서 식사를 하고, 해가 지면 텐트를 치고 노숙을 했다. 그런 고생도 얼마 동안은 태어나서 처음으로 느껴보는 즐거움이었다. 마치 외국에 온 것 같은 제주도의 이국적인 풍경을 감상할 수 있다는 것은 실로 큰 기쁨이자 행복이었다. 하지만 그것도 잠시, 갈수록 몸은 피곤해지고 여기저기 쑤시기 시작하자 신경도 예민해졌다. 몸은 온통 땀으로 쩔어서 냄새가 진동했다. 이런 지경에까지 이르게 되자 조금씩 자괴감이 들기 시작했다. 이렇게까지 생고생을 해가며 이 여행에서 얻을 수 있는 게 대체 무얼까 하는 의문도 생겼다. 몸이 아프다고 핑계를 대고 어디 편안한 숙소에서 쉬면 안 될까?

아니면 아예 이쯤에서 포기를 할까? 걷는 동안 머릿속에는 온통 이런 생각들뿐이었다. 실제로 함께 간 여자동기들 중에는 도중에 이탈한 인원도 몇 명 있었다. 사실 처음에 이 동아리에 들어올 때는 국내 방방곡곡을 여행하면서 좋은 경치를 감상하고 즐거움을 얻을 수 있다는 꿈에 잔뜩 부풀어 있었다. 그런데 지금 이 순간은 그저 고통스런 극기훈련일 뿐, 젊었을 때 최소한의 경비로 자급자족하면서 도보여행을 해보자던 호기는 이미 사라지고 없었다. 아직 어린 나이다 보니 이해가 안되는 부분도 있어 포기했을 거라 추측한다.

필자도 중간에 포기하려고 몇 번을 고민했다. 발은 물집이 잡혀 잘 걷기도 힘들었다. 배낭과 짐까지 메고 있으니 아마 내 발이 버틸 재간이 없었던 것 같다. 그리고 피부가 약했던 나는 하루종일 여름 햇빛을 쐬다보니 등피부가 벗겨지기 시작했다. 약을 바르면서 버티긴 했지만 너무 쓰라려서 샤워조차 할 수 없을 정도였다. 그래도 이왕 온 여행 지금 아니면 못할 것 같다는 생각에 죽기 아니면 까무러치기로 계속 그 강행군을 이어갔다. 중문을 지나서 성산 일출봉까지 보고 다시 동쪽으로 올라가 제주항에 도착하는 코스였다. 내 등은 더 이상 약이 통하지 않을 정도로 피부가 다 벗겨지고 곪기 시작하여 바로 피부과 치료를 받지 않으면 큰일날 상황이었다. 등 때문에 샤워도 못해서 내 얼굴은 완전 꾀죄죄하고, 가져간 옷도 빨래를 제때 하지 못해서 한 벌로 며칠을 버티다 보니 꼴이 말이 아니었다. 그래도 마지막까지 최선을 다해 이번 여행을 마치고 싶었다. 20살인 젊은 나이에 쓰러질 수 있는 패기로 그래도 뭔가를 해내고 싶은 마음이 컸던 것 같다.

제주항에 도착했다. 중간 이탈자 몇 명을 빼고 다들 검게 그을린 얼굴과 피곤에 찌든 몰골로 짐을 내려놓자마자 누워버렸다. 동아리 모임을 이끌던 선배가 다들 수고했다라는 말 한마디에 환호성을 질렀다. 환호성을 지르면서 나도 모르게 눈물이 흘러내렸다. 끝까지 완주했다라는 그 성취감, 나에 대한 연민등이 복합적으로 뒤섞여 감정이 북받쳐 그랬던 것 같다. 정말 젊은 시절에만 할 수 있는 여행이었고, 패기 하나로 버터 해낼 수 있었다.

패기라는 단어를 국어사전에서 찾아보니 "어떤 어려운 일이라도 해내려는 굳센 기상이나 정신"이라고 나와있다. 필자도 이 여행 이후에 무슨 일이든 패기있게 해보려 했으나, 잘 되진 않는 일도 많았다. 그래도 패기를 가지고 무엇이든지 열정을 갖고 시도하다 보면 실패를 거듭하더라도 분명히 무엇인가는 느끼고 경험할 수 있다. 젊은 시절에 어떤 것이든 시도하여 패기있게 실패하더라도 나아가는 것이 중요하다. 패기와 인내가 있어야 실패하더라도 또 큰 폭풍우가 닥치더라도 용기 있게 나아갈 수 있으니 말이다.

03

마음껏 울 수 있는 감성

누군가의 한숨, 그 무거운 숨을 내가 어떻게 헤아릴 수가 있을까요?
단 한번에 변화가 일어나지 않더라도
결국에는 천천히 변화가 일어날 것이에요!! – 케테 콜비츠

       필자는 어머니의 영향으로 드라마와 영화, 음악을 접하는 기회가 많았다. 특히 드라마를 좋아하셨던 어머니와 함께 9시 뉴스가 끝나고 방영하는 주중 미니시리즈와 주말 8시 드라마는 늘 함께 본 기억이 있다. 사랑과 이별, 삼각관계, 출산의 비밀 등 늘 반복되는 한국드라마의 스토리지만 배우들의 슬픈연기나 클라이막스 장면을 볼 때 나도 모르게 눈에 눈물이 맺히곤 했다. 길을 가다가도 슬픈 발라드나 팝음악이 나오면 그 감정에 이입이 되어 또 눈물을 흘리곤 했다. 남자치고 눈물이 많은 편이었는데, 나중에 알고 봤더니 주위에서 감수성이 풍부하여 그런 거라고 했다. 성인이 된 지금은 나이가 들어서 그런지 드라마의 이별 장면이나 부모님과 자식의 대화만 들어도 또 손수건을 들고 있는 나를 발견하곤 한다.

2005년 한 드라마가 30대 노처녀의 현실적인 이야기를 그려 큰 사랑을 받았다. 김선아, 현빈 주연의 〈내 이름은 김삼순〉이 그것인데.. 막 사회생활을 시작했던 나도 바쁘지만 시간내서 꼭 챙겨봤다. 그때 20대 후반이다 보니 연애나 결혼에 대해서 관심을 많이 가지던 시기였다. 남자답지 않게 로맨틱 코미디나 사랑 이야기가 들어가는 드라마, 영화는 꼭 챙겨봤었다.

그 시절 나는 졸업반 시절에 군대 제대 후 2년간 사귀었던 여친과 취업문제 등으로 소원해져 결국 헤어졌다. 그 후 소개팅, 미팅등을 통해 짝을 만나기 위해 노력했지만, 2년 넘게 인연이 아니었는지 매번 실패했다. 그러다 이 드라마가 절찬리에 방영중 예전 카페서 활동하다가 우연히 소개팅을 통해 만나게 된 한 친구와 다시 만나게 되었다.

한 살 어렸던 그녀는 예전 판타지 소설쓰는 카페서 나와 같이 활동을 했고 내가 군입하고 나서 자연스럽게 연락이 끊긴 상태였다. 그러다 친구가 소개팅을 해준다고 나간 자리에 그녀가 있길래 순간 우연이겠지 하는 생각이 머리를 스쳐 지나갔다. 알고 보니 친구와 같은 회사를 다니고 있었는데, 내가 그녀를 예전에 알던 사람이라고 말을 하니 친구도 이런 인연에 신기해 했다. 이목구비가 뚜렷하고 웃는 것이 참 매력적인 그녀에게 또 빠지게 되어 버렸다.

예전 카페에서 판타지 소설을 읽고 새로 써 보자고 하면서 엘프, 드워프, 인간등이 펼쳐지는 가상의 판타지 공간에 대한 공상도 하고, 서로 콘티도 짜 보곤 했었는데... 그런 추억들을 다시 공유하고, 학생 시절이 아닌 현재 사회인 신분으로 다시 만나니 감회가 새로웠다. 이 때 〈내 이름은 김삼순〉 드라마가 전국적으로 엄청난 인기를 끌면서 자연히 화제는 거기에 나오는 캐릭터, 스토리였다. 이 당시 20대 후반이었던 우리도 이 드라마 이야기를 공감하면서 좀 더 친밀해 질 수 있었다.

그 중 한 이야기는 이 여자의 언니가 33살인데 통 남자도 안 만나고 자기일에만 파묻혀서 지낸다고 친구가 걱정이 많았다. 이야기를 들어보니 딱 김삼순 캐릭터가 떠올랐다. 오래 사귄 남자가 있긴 한데, 남자가 결혼하자는 이야기를 계속 미루다가 결국 헤어지고 나서 이 언니가 상처가 컸는지 남자를 다시는 만나기 싫어한다고 했다.

아마 나 같아도 그랬을 것 같다. 같은 남자로서 오래 만나서 나이 찰때까지 기다리다가 미적거리는 것을 보면 한심하게 보였을것이다. 맞지 않은 사람이라면 미리 놓아주거나, 아니면 그래도 책임을 지고 같이 가던가하는 게 맞다고 생각하는데..

김선아가 연기하는 김삼순도 오래된 남친이 바람을 펴서 결국 헤어지고 우는 장면으로 1화가 시작되는데, 언니가 그걸 보고 참 많이 감정이입이 되어 울었다고 한다.

몇 번의 만남 이후 우린 급속도로 다시 친해졌고, 결국 연인이 되었다. 일도 바쁘지만 금~일요일까진 여느 연인들의 데이트처럼 영화보고 여행도 가곤 했다. 〈내 이름은 김삼순〉에 나오는 레스토랑이나 눈여겨본 장소도 다 가보고 아기자기하게 그렇게 지냈다.

연인의 언니도 드라마가 진행하면서 김삼순과 연하남 현진헌(현빈 분)의 티격태격하다 사랑에 빠지는 내용을 보면서 다시 연애를 해봐야겠다고 결심했다고 한다. 그 얼마뒤 드라마 에서와 같이 연하남을 만나 다시 사랑을 시작하게 되었다.

그 후 자연스럽게 결혼 이야기가 오가던 도중에 필자가 확신이 없어서 차일피일 미루는 모습을 보고 그녀가 이별선언을 했다. 20대 후반시절로 좀 더 하고 싶은 것 해보고, 아직 사회생활도 자리를 못 잡은 것 같아서 그녀에게 당당하지 못했던 것 같다.

헤어지고 3개월 후 그녀는 다른 남자와 결혼을 했다. 들리는 소문에는 나와 이별 후에 오랫동안 짝사랑했던 남자가 구애를 해와 일사천리로 결혼이 진행되었다고 들었다. 헤어지고 나서도 마음고생을 좀 했는데, 그 이야기까지 들으니 더 마음이 아프긴 했다. 용기를 내어 볼걸.. 자책도 많이 했다. 시간이 지나면 또 괜찮아지겠지 라는 생각으로 다시 일상에 집중했다. 그렇게 1년이 지났다.

야근하던 어느 날, 익숙한 번호로 전화가 온다. 헤어진 그녀의 번호다. 안 받을까 하다가 그래도 한 번 어떻게 지내는지 궁금하여 전화를 받았다. 그러나 들리는 목소리는 그녀가 아니다.

"한번 오셔야 할 거 같습니다."

"무슨 일이시죠?　전화를 잘 못 거신 거 같은데.."

나라는 신분을 묻고 나서 그녀의 부음 소식을 들었다. 전화기를 떨어뜨리고 다시 주우면서 내가 잘못 들은 줄 알았다. 다시 확인하니 그녀의 장례식장으로 한 번 올 수 있겠냐는 이야기였다. 이건 또 무슨 어이없고 놀라운 일이지 하고 경황이 없는 상황이 전개되면서 통화를 마쳤다. 다음날 회사에다 일이 생겼다 하고, 한순간에 달려갔다.

웃고 있는 영정사진이 보인다. 사귈 때 직접 매일 보던 그 모습인데... 어떻게 된건지 사진만 덩그러이 있고, 흐느끼는 소리만 들린다. 사인을 조심스럽게 들어보니 그 사람의 아이를 임신하여 병원에 직접 차를 몰고 가다 교통사고로 그렇게 되었다고 한다. 조용히 병원에 나오면서 정말 큰소리로 엉엉 울었다. 눈물이 멈추질 않았다. 진짜 너무나 힘들어서 참고 싶었지만 펑펑 울었다. 그리고 나서 다시 10년의 시간은 훌쩍 지났다. 이젠 거의 잊혀져 간다. 지금의 아내와 결혼하여 아이도 낳아 잘 살고 있다. 누구나 살아오면서 가슴 아픈 사랑을 한번씩은 해봤을 것이다. 이 때는 첫사랑하곤 또 다르게 가슴이 아프고 아련해진다. 이젠 저 세상에서 행복하게 지내고 있을 그녀에게 나중에 가서 만나게 되면 그때 너를 못 붙잡았던 걸 정말 미안하고, 현재는 내가 사랑하는 사람과 결혼하여 잘 살고 있다고 말하고 싶다. 이 사건 이후로 내 감성이 더 깊어진건지 드라마, 영화의 슬픈 상황만 나와도 바로 눈에는 눈물이 그렁그렁댄다.

2012년 나의 실수로 회사로부터 해고당해 사무실에서 나올때까지도 덤덤했다. 그러나 집에 오는 길에 집앞 전봇대 앞에서 그래도 지금까지 열심히 살아왔다고 내 자신을 격려했지만, 결과가 이러니 너무 서글프고 억울하여 참았던 울분과 감정이 폭발했다. 쉴새없이 눈에서는 눈물이 흘러내리고, 주먹으로 전봇대를 치면서 이건 아닌데라고 펑펑 울었다. 이러고 나니 상황은 바뀐게 없는데, 감정정리가 조금 되는 기분이었다. 실컷 울고나니까 흐트러진 내 마음의 정서가 회복되고 치유되는 기분이었다.

나라 전체가 어수선하고 경제상황도 좋지 않다 보니 젊은 세대들은 사회생활을 처음 접하게 되는 취업, 창업을 하기 위해서도 어려운 상황이다. 무한 경쟁시대에 돌입하면서 한 번 실패하게 되면 다시 회복하기 힘든 상황에 절망하는 젊은이들이 많다. 승자만 살아남아 웃고 있는 상황이다. 패자들은 울지도 말라는 그 현실이 더 서글프다. 마음

껏 울고 싶을 때는 울어야 하는데.. 우리 사회 통념상 넘어져도 참으라
고만 하고, 우는 사람은 나약하다라는 전체적인 사회적 분위기가 감성
을 표현하는데도 걸림돌이 되는 것 같다. 꼭 참고 견디면서 감성을 표
현하지 않은 채로 다시 한번 힘을 낼 수도 있지만, 기쁠 때는 웃고, 슬
픈 일이 있을 때는 울고, 화를 낼 때 내고 하는 우리가 살아가는 이 세
상의 자연스러운 이치다. 힘든 일이 있을때 나는 그냥 한번은 펑펑 우
는 것이 참는 것보다 백배 낫다고 말해주고 싶다.

04

배울 수 있는 열정

가을걷이가 끝나면 가을파종을 시작하듯 배우고, 배우고 또 배워라!
지금 자면 꿈을 꿀 수 있지만, 공부를 하면 꿈을 이룰 수 있다!
배움의 고통은 잠깐이지만 배우지 못한 고통은 평생이다! – 히버드대 명언

필자는 초등학교 시절부터 내 자랑은 아니지만, 반에서 1, 2등을 다툴 정도로 공부를 잘했다. 초등학교에 입학 전부터 새벽에 일어나 교과서와 참고서를 혼자서 예습하고, 수업이 끝나고 다녀와선 복습을 하는 것이 생활화될 정도로 공부하는 것이 재미있었다. 중학교에 들어가서도 공부를 잘하고, 뭔가 배우기를 좋아하는 학생으로 기억되고 있다. 중학교 졸업 후 고등학교에 진학하고 나선 학교 내신 시험은 곧잘 봐서 성적이 상위권을 유지하였으나, 대학을 들어가기 위한 수학능력시험은 모의고사를 늘 잘 못봐서 중위권에 맴돌았다. 외우는 데는 자신이 있어서 암기과목은 늘 만점이었다. 그러나 원리를 중요시하고 생각해서 푸는 과목은 공부해도 소질이 없었던지 늘 반타작이었다. 대학에 가고 나서 군대에 가기 전까지 학과 시험

공부 이외에는 다른 것을 배운다거나 공부하는 일은 없었다. 매일 사람들 만나서 노느라 무엇인가 배우는 것에 대한 생각은 못했던 거 같다.

군대를 다녀오고 대학에 복학하고 나선 당연히 취업준비를 해야 한다는 생각에 취업에 필요한 것만 추려서 배우게 되었다. 그때가 2000년대 초반으로 한창 인터넷으로 인한 웹 관련 직업이 각광을 받을때라 필자도 이와 관련된 직업을 배우기 위해 학원에 등록했다. 웹디자이너가 되기 위해서 그 당시 웹디자인을 위한 프로그램인 나모, 드림위버, 포토샵 등을 일주일에 2회 정도 배웠다. 또 학과 전공을 위한 프로그램으로 캐드를 방학때 전문적으로 배웠다. 취업을 위해서 무엇이든지 배워야겠다는 생각에 그 당시에는 프로그램을 습득하기 위해 열정을 쏟아서 임했던 것으로 기억한다.

졸업 이후 사회생활을 하기 시작한 이후로는 일에 치이고 밤에는 술 마시고 놀기 바빠서 따로 무엇인가를 배운다는 생각은 아예 하지를 못했다. 또한 무엇인가를 열정적으로 자기계발을 위해 배워야겠다는 생각은 조차 하지 못했고, 퇴근 후엔 피곤하고 귀찮으니까 집에 와서 티비만 본다던가 친구, 지인들과 저녁약속을 잡아 술을 마시고 노는 걸로 대부분의 시간을 보냈다. 이런 생활의 연속으로 20대 후반과 30

대 초반까지 목표도 없이 무엇인가를 배운다는 생각도 없이 시간만 보냈다. 단지 하루하루 시간 때우는 걸로 그 상황만 모면하려 했었다. 다른 친구들은 이직이나 연봉인상, 승진등을 위해서 하나라도 무엇인가를 배우려고 영어학원, 업무와 관련된 자격증 공부를 하였다. 그러나 나는 내 몸값을 올리기 위해 실력배양에 힘쓰지 않고, 이렇게 일을 하는데도 회사는 나에게 해준 게 없다는 식의 불평 불만만 해댔다.

사원, 대리때는 위에서 지시하는 일만 잘 처리해도 유능한 인재로 봐주지만, 과장이나 차장으로 진급하게 되면 자기 업무에 대한 전문성을 더 배양해야 하기 때문에 무엇이라도 하지 않으면 낙오될지도 모른다는 두려움이 계속 생겼다. 이때가 30대 중반으로 우선 내가 하고 있는 업무에 대한 전문성을 확보하는 것이 우선순위라고 보았다. 소위 전문가로 인정을 받으려면 우선 관련분야 자격증이 기본적으로 있어야 하고, 모르는 누가 물어보더라도 쉽게 대답할 수 있는 실무능력을 갖추고 있어야 한다.

그래서 일단 자격증 확보부터 시작했는데, 여건상 공부도 잘 안하고 할 시간이 없다보니 매번 낙방하다가 올해는 무슨 일이 있어도 바쁘더라도 따겠다는 목표가 생기다 보니 주말시간에 과감히 관련 학원을 등록하여 없는 시간 쪼개면 학원에서 배우는 과제를 해 나갔다. 정말 따야 하는 절실함 때문에 열정적으로 배움에 임했던 것 같다.

그리고 어릴때부터 꿈이었던 작가의 꿈을 이루고 싶어서 30대 초중반까진 일에 치여서 나중에 해야겠다고 결심했다가 시간이 지나면 더 못 갈 거 같은 생각이 들었다. 어차피 모든 자기계발서등 비슷한 류의 책에서 '나중에 하는 것은 의미가 없고, 지금 당장 뭐라도 배움을 실천하는 것이 낫다' 라고 하고 있다. 그래서 2014년부터 미루고 미루던 책쓰기 수업을 2015년 봄에 과감하게 몽땅 투자하여 등록하고 열정적으로 배움에 임하게 되었다. 이 글을 보는 당신도 무엇인가를 배우고 싶다면 과감하게 뛰어들고, 그것을 이룰때까지 열정적으로 배움에 임하여 추진해 보는 것이 좋다.

책쓰기 과정은 3개월 간 진행이 되어 매주 1회 계속 되었다. 매주 수업에 참석할때마다 책쓰기에 대한 전반적인 스킬을 단계별로 알려주었다. 정말 책을 내고 싶었던 나는 열정을 가지고 그 수업시간에 강사가 강의한 내용을 개략적으로라도 노트에 적어서 수업이 끝나면 집에 가 조금이라도 글을 쓰면서 적용해 보고 했다. 어린시절 이후로 복습을 하는 건 처음이었다. 그렇게 3개월을 보내고 수업이 끝나는 주부터 배운 것을 가지고 열정적으로 초고를 쓰기 시작했다. 정말 미친 듯이 2달동안 시간날때마다 원고를 썼다. 절실하게 뭔가를 하고 싶어 아무리 피곤해도 그때 목표했던 원고분량을 마칠 수 있었다. 일주일에 5꼭지 정도를 완성하는 것으로 하고, 주중엔 일이 바빠서 조금씩이라도 쓰는 연습을 했다. 그리고 나서 주말에 좀 시간이 주중보다 많으니 1꼭 지라도 완성시키는 걸 목표로 했다.

그렇게 2개월을 꼬박 40꼭지를 완성시키고 나니 뿌듯했다.

처음으로 그렇게 열정적으로 무엇인가에 몰입하여 해냈다는 것이 참 좋은 경험이었다. 이 전까진 어떤 시험 준비를 한다던지 하면 어떻게든 자격증을 취득 해야겠다는 목표하에 추진을 했어야 하는데, 처음엔 열정적으로 시작하다가 중간에 꼭 멈추거나 포기하고 작심삼일로 끝나는 경우가 많았다. 하지만 첫 책 초고를 완성시키고 나선 무엇이든지 열정적으로 하면 어떤 결과라도 나올 수 있겠구나 라고 자신감을 갖게 되었다. 이후 출판사 투고와 교정작업을 거쳐서 2016년 봄에 첫 책에 대한 결과물이 나왔다.

얼마전 블로그 이웃 중에 책을 낸 분이 있다. 책쓰기 수업도 열심히 참여하고 한달동안 매일 늦게까지 조금씩이라도 쓰며 열정적으로 써 내려가다보니 결국 이번달에 책 출간까지 했다. 열정이라는 것이 이렇게 한번 불이 붙으면 아무리 힘들어도 결과를 만들어낼 수 있다.

하버드대 심리학 교수 윌리엄 제임스의 말처럼 "열정은 타인과 일, 사회 그리고 온 세상을 다하는 한 사람의 태도를 바꿔놓을 수 있습니다. 열정은 자신의 삶을 더욱 사랑하게 만들기도 하지요. 어떤 일을 할 때 열정을 가지고 임한다면 당신이 쌓아 올릴 성공이라는 빌딩의 기반을 튼튼히 할 수 있을 것입니다."라고 열정적이고 강력한 힘을 강조하고 있다.

몇년전까지 같은 직종에서 일하다가 자기만의 직업을 가져본다고 보험설계를 하는 선배님이 있다. 그분도 당연히 처음엔 낯설고 고객을 모으기 위해 어려움을 겪었다. 요즈음 온라인으로 많이 하고 있긴 하지만 예전 방식대로 고객을 직접 찾아다니고 만나면서 판매를 하기 시작했다. 그러나 고객과 만나서 상품설명을 하고 교감이 이루어진다 해도 판매로 이루어지지 않았다. 그래도 선배는 원래 천성이 낙천적인 사람이다 보니 실망하지도 않고 겸손한 자세로 다시 고객을 찾아가 소통에 힘쓰려고 노력했다. 하루에 잠자는 시간을 빼고 열정적으로 고객을 만나서 소통하고 공감하며 상품을 설명하면서 조금씩 고객을 늘려나갔다. 그렇게 한지 1년이 지난 지금 보험영업에서 손꼽히는 영업왕으로 거듭났다. 선배의 열정적인 모습에 고객들이 조금씩 마음을 열고 친숙하게 다가가면서 그 열정에 감동하여 결국 상품을 기꺼이 구매해주기 시작한 것이다. 열정이란 것이 본인이 성실하게 하면 이렇게 주변사람들에게 선한 영향력을 주고 결국 감동하여 원하는 것에 한발짝 더 다가가기 쉬울 것이다.

지금 이 책의 원고를 쓰면서 다시 한번 필자는 열정을 불태워보려 한다. 열정으로 배우는 자세로 임하며 마음을 가득 채워서 매일매일 쓰다보면 또 하나의 결과물로 연결되지 않을까 싶다. 이 책을 읽는 여러분들도 앞으로 무엇인가를 하고 싶다면 또 하고 있는 일에 대해서 되는대로 대충대충 하지말고, 하나라도 열정을 가지고 하루하루 살아가는 것이 더 좋지 않을까 싶다.

05

다시 일어날 수 있는 용기

이렇게 넘어지면 어떻게 하지요? 여러분이 모두 알다시피 다시 일어나야 하죠.
왜냐하면 이렇게 넘어진 상태로는 아무 곳에도 갈 수 없으니까요.
하지만 가끔 살다보면 여러분이 넘어졌을 때
다시 일어날 수 있는 힘이 없다고 느껴질 때도 있어요.
여러분! 희망이 있다고 생각하나요?
왜냐하면 저는 이렇게 넘어져 있고 제게는 팔도 다리도 없거든요
제가 다시 일어서는 것은 불가능하겠죠? 하지만 그렇지 않아요.
저는 백번이라도 다시 일어나려고 시도할 거에요.
만약에 백번 모두 실패하고 제가 일어나려는 것을 포기하게 된다면
저는 다시 일어서지 못할 거에요.
하지만 실패해도 다시 시도한다면 그리고 또다시 시도한다면 그것은 끝이 아니에요.
어떻게 끝내는 것인가가 중요한 거죠..
다시 일어날 수 있는 용기를 얻을 수 있을 거에요. - 닉 부이치치

2004년에 대학을 졸업하고 사회생활을
하게 되었다. 지금도 선망의 직업인 대기업이나 공기업, 공무원이 되
려고 노력했지만 모두 실패하고, 그래도 다행히 작은 설계회사에 취업
이 되었다. 전공을 살려서 겨우 취업이 되어 처음에는 일에 흥미도 없
어서 상사가 지시하는 것도 제대로 이행하지 못하고, 실수만 연발했

다. 전공을 살렸지만 대학 다닐 때 학점관리를 위해 시험때만 반짝 공부를 하니 제대로 머릿속에 든 지식도 없었다. 용도지역이나 도시계획 시설이 무엇인지 도시계획에 대한 기본적인 지식도 숙지하지 못한 채 상사가 일을 시킬땐 아는 것처럼 연기한 적도 있다.

　필자가 하는 도시계획 엔지니어링 업무는 처음에 입사하게 되면 하는 업무가 도면을 접는다던가 서류에 들어가는 삽도(그림)를 그리는 보조업무가 주였다. 복학하고 설계업무에 필요한 오토캐드 프로그램을 학원에서 조금 배운 게 다여서 보조업무에 필요한 프로그램도 다시 회사에서 배워야 했다. 사실 전공을 살려서 엔지니어링 회사에 같이 입사했던 다른 동기들은 원래 학교에서 그 프로그램을 다 배워서 들어왔다. 필자는 전공을 살리지 않고 취업을 하려고 했기 때문에 당연히 캐드를 제외한 다른 프로그램은 배울 생각을 하지 않았다. 그러다 실패하고 다시 전공을 살려서 들어와보니 동기들과의 수준차가 꽤 크게 났던 것을 나도 느꼈다. 같은 업무를 시키는데 누구는 수월하게 반나절이면 위치도, 도면 작업도 한다. 제대로 프로그램을 숙지하지 못한 나는 그 배 이상으로 작업을 해야만 했다. 작업이 끝나도 다른 동기들이 한것과 비교하면 퀄리티도 상당히 떨어져 매번 상사에게 꾸중을 들었다. 남들 한번에 끝날 작업을 필자는 3~4번 수정을 거쳐야 끝날 정도였다.

매번 이런 패턴이 입사하고 3개월 이상 지속되니 업무에 대한 자신감도 떨어지고, 매일 회사에 가기가 싫었다. 스트레스가 심해서 퇴사까지 고려하고, 이 업무를 계속 해야할지 고민이 많았다. 특히 위치도 그리는 작업이 제일 기본적으로 수반이 되는데, 보통 2~3시간이면 끝날 업무를 필자는 하루가 꼬박 걸릴 정도로 작업을 해야했다. 이것을 옆에서 못 본 상사가 1시간 안에 위치도를 빨리 그리는 시험을 보겠다고 엄포를 놓았다. 1시간 내 어디까지 그릴 수 있는지 한번 테스트를 해 보려는 의도였다. 회사에 까지 와서 시험을 본다고 하니 생각도 하지 못한 일이었다. 상사는 이 테스트를 통과하지 못하면 도시계획 엔지니어링 회사에 있을 필요가 없다고 판단하고, 못하면 바로 위에 이야기해서 입사를 취소시킨다고 진담반 농담반으로 이야기했다.

정말 이 이야기를 듣고 다 포기해야 하나 싶기도 했다. 또 한편으로는 여기서 물러나면 아무래도 더 받아줄 공간은 없을 거 같아 이왕 위치도 테스트를 통과해보자고 용기를 내 보기로 했다. 야근하고 피곤해도 혼자 남아 그동안 그렸던 위치도와 동기들이 그린 위치도 파일을 다 모아서 내 나름대로 빨리 그릴수 있는 순서를 정했다. 그리고 다루는 프로그램도 익숙해질 수 있도록 시간을 내어 틈틈이 연습을 했다. 약 일주일을 그렇게 연습을 하고나니 시간이 많이 단축되었다. 1시간내 다 그린다고 생각을 하고, 연습에 연습을 더했다. 시험준비도 이렇게 악착같이 한 적은 없는데, 내 자존심도 상하고 이 기본적인 업무를 못하면 더 이상 회사에 있을 수 없을 것만 같았다.

이렇게 연습하고 있는데 상사가 지시한 위치도를 그리기 시작했다. 상사는 3시간은 걸릴 줄 알고 오전 일찍 출근하자마자 지시하고 점심 이후에 들어온다고 했다. 그는 내가 이때까지도 위치도 하나 못 그린다고 생각하고 넉넉하게 지시를 하려고 했던 모양이다. 나는 이때가 기회라 여기고 용기내서 지금까지 연습했던 대로 위치도 작업을 하나씩 진행해갔다. 다 그리고 나니 1시간 30분 정도가 남았다. 내가 보기에도 예전보다 작업시간은 단축되고, 퀄리티는 좀 높아졌다는 걸 느꼈다. 그래도 상사가 보기엔 눈에 안 찰 수도 있고 해서 옆에 팀 사람들에게 이정도면 괜찮겠냐고 물어본 적도 많다.

그래서 한번 컨펌을 받고 수정하여 상사에게 가져다 주었다. 일단 제 완성된 위치도를 본 상사가 "정말 수고했네. 이 정도면 그래도 예전 것보단 나아졌네!" 하시면서 앞으로 더욱 많은 일을 시킬거니 잘 해보자고 했다. 용기를 내서 다시 한번 시도하고 연습한 결과가 빛을 발하는 순간이었다.

2012년 초에 여러 번 이야기 했지만 나의 실수로 오랜기간 다닌 회사에서 나오게 되었다.

당장 먹고 살길이 막막하여 여기저기 묻지마 취업으로 지원을 하게 되었다. 그런데 정작 필자가 가고싶은 회사는 지원조차 못하고, 작은 설계사로 다시 이직하게 되었다. 소장님 한명 있고, 다른 직원 한명이 있던 개인 사업체였다. 지난 회사의 과오가 계속 내 발목을 잡고 있었다. 법규를 잘못 해석하여 발주처에 손해를 끼친 잘못으로 회사를 나오게 된 것이 트라우마가 되어 좀처럼 일에 집중을 하지 못했다. 자꾸 의기소침 해지고, 자신감도 떨어져서 이 회사에서도 업무추진중 실수를 많이 하여 엄청 욕을 먹었다. 자꾸 예전 기억 때문에 그것을 극복하지 못하고 다시 똑같은 실패를 반복할까봐 두려워 무엇을 해서 바꾸어야 할지 시도조차 못했다. 자꾸 두려움이 생기니 소심해지고, 의욕까지 상실하였다. 다시 한번 이 상황을 타개하기 위해 무슨 시도라도 해야 했는데 말이다. 이런 스트레스로 밤에는 계속 술만 마셔댔고, 낮엔 또 멍하게 또는 두려운 모습으로 일에 임하다 보니 좋게 나아질 수가 없었다.

이러다가 야근이나 술에 취해 집에 돌아오면 아내와 아이가 자고 있다. 이 모습을 보고 외면할 수도 없고, 그래도 내 가족은 먹여 살리고 지킨다라는 생각에 어차피 여기서 더 떨어질 때도 없다고 생각했다. 잘 나가는 남들과 비교하지 않고 내가 할 수 있는 것에만 해결하고 집중하자는 마음으로 용기를 냈다.

다시 일을 열심히 잘 했던 나로 돌아가기 위해 그 때에 집중했던 마음가짐, 일을 어떻게 풀어나갔는지 에 대한 기억등을 되살려 보기로 했다. 모르는 것은 계속 인터넷이나 책을 통해서 찾아보고, 아는 것은 좀더 다양한 시각으로 접근하여 일에 대한 효율성 측면에서 고민을 했다.

공부도 하고 책도 읽고 해서 다시 일어설 수 있도록 스스로 용기를 북돋아서 열심히 업무에 임했다. 그리고 업무에 대한 공부도 게을리하지 않았다. 그러다 보니 다시 예전 회사가 상황이 좋아졌는지 먼저 연락이 와 다시 복귀하게 되었다. 그 때 용기를 내어 도시계획에 관련된 법규를 매일 공부하다 보니 업무에도 자신감이 다시 붙게 되어 지금까지 쭈욱 올 수 있었다.

살다보면 실수나 실패는 누구나 할 수 있다. 이건 인생을 사는 누구나 다 아는 사실이다.

무엇인가를 처음 배우거나 업무를 한다고 할 때 내가 위에서 했던 것처럼 실수도 하고 실패도 할 수 있다. 이런 실수에서 중간에 주저앉거나 포기를 하게되면 그게 아예 시도를 안한 것보다도 못하다고 본다. 계속 실수하고 실패하고 넘어지고 쓰러진다 해도 거기에서 또 좌절하지 말고, 만약 너무 힘들어 포기하고 싶다면 한번쯤은 아프다고 인정하고 펑펑 울어도 좋다. 그 뒤에 다시 한번 숨을 쉬고 일어서서 끝까지 달려나갈 수 있는 굳센 용기를 내는 것이 가끔은 필요하다.

바로 할 수 있는 실행, 저질러라

마음 먹었거든 실행하세요. 준비나 자신감이 확실해지는 시점은
영원히 없다는 사실을 잊지로 않기로 해요. 우리가 남의 시선에서 조그만 멀어지고
자유로워 질 수 있다면 내 삶의 많은 기준들은 달라질 수 있습니다. - 미상

2015년 여름에 아는 사장님 밑에서 작은 회사를 키워보자고 들어갔던 회사에서 월급이 또 밀려서 나오게 된 이후 며칠동안 또 다시 무기력한 상태로 한달정도 집 밖으로 나가지 않았다. 2012년에도 너무 힘들어서 견디기 힘들었는데, 또 같은 상황이 반복되니 너무나 억울하고 서글펐다. 그 동안 독서로 마음을 잡고 열심히 달려보려고 했는데 현실이 또 어긋나니 가족에게만 짜증을 냈다. 지금 생각해보면 다 내 잘못인데 왜 가족에게 화를 냈는지 생각하면 아직도 얼굴이 화끈거린다. 계속 집에 있으면 더 무기력해지고 안좋은 생각만 나서 무작정 밖을 나섰다. 일단 거리를 걸으면서 바람을 쐬니 한결 기분은 나아졌다. 갑자기 나와서 어디를 갈까 고민하다가 다시 한번 독서를 통해 극복하자 결심하고 교보문고를 방문하였다. 자

기계발서적 코너에서 책을 구경하다가 제목이 끌리는 게 있어 몇 권 골라서 구입했다. 책이라도 읽으면 내자신이 처해 있는 상황을 타개할 수 있는 무슨 방법이 있지 않을까 했다.

그 책들 중 하나가 예전에 한창 직장인들의 자기계발 멘토로 유명하신 조관일 창의경영연구소 대표가 쓴 《저질러라 꿈이 있다면》이란 책이 눈에 띄었다. 그는 이 책에서 "요즘 어려운 세계적인 화두는 유례없는 불황과 실업으로 전세계의 젊은이들이 실업으로 거리를 뛰쳐나오는 상황이고 우리나라도 예외는 아니다. 특히 청춘들의 방황은 심각하여 꿈, 목표는 있는데 현실이 답답하기 때문에 무엇을 어떻게 해야 이룰 수 있을지 막막하다. 젊은이들 뿐만 아니라 중년의 직장인에서부터 노년의 은퇴자에 이르기까지 무엇을 어떻게 살아야 하는지 고민이 깊다. 간절히 소망하면 꿈은 이루어진다는 꿈에 대한 신드롬에 대해 비판하고 꿈을 이루게 하는 것은 기도가 아니라 '저지름'이라고 설명한다. 행동이나 실행을 넘어 '저지르기'를 권하는 이유는 행동과 실행은 당연히 해야 할 일을 하는 것이지만 저지름은 결단과 용기가 필요하고 모험과 위험을 무릅써야 한다.

우리의 인생사만 돌아봐도 결정적인 순간은 저지름과 연결되어 있다. 심지어 고객을 향해 세일즈 영업을 하는 상황만 봐도 꿈꾸는 사람이 아니라 저지른 사람이 쟁취한다. 당신도 인생의 결정적 터닝포인트를 만들고 싶으면 꿈만 꿀 것이 아니라 저지르라"고 실행의 중요성을 역설하고 있다. 그냥 실행하라는 것이 아닌 꿈을 이루고 싶다면 저지르는 게 중요하다 말하고 있다.

필자는 이 책을 읽고 나서 지금까지 내가 어떻게 살아왔는지 생각했다. 대학 4학년 시절 취업 준비할때도 바로 준비해야 취업에 유리한 사항이 있는데도 돈이 없다고 좀 아낀다는 생각에 망설이다가 오히려 큰 실패를 맛보았다. 또 사회에 나와서도 자격증도 따야 하고, 애인도 만들어야 하는데 생각만 하고 실행을 해 본 적이 거의 없었다. 이때가 20대 후반 시절로 늘 생각만 하다가 실행해보기도 전에 안되겠지라고 결론을 내고 아무것도 하지 않았다. 그러다 30살 전후로 조금씩 뭐라도 부딪히고 실행해야 성공이든 실패든 결과가 보인다는 걸 깨달았다. 그 이후로 일이든 연애든 간에 잘 되지 않더라도 일단 무조건 실행하는 것이 맞다는 생각에 조금씩 부딪히기 시작했다. 그 결과 일도 그 전보다 자신감을 가지고 대하게 되었다. 연애도 그 친구와 잘 되든 안되든 간에 일단 부딪혀보니 결국 결혼까지 골인하게 되었다.

정말 결정적으로 실행의 중요성을 알게 된 것은 2년전부터 알아보다가 작년에 들었던 책쓰기 수업이다. 2013년부터 이 일을 언제까지 할 수 있을지 미래가 불안하여 앞으로 내가 무엇을 할 수 있을지 고민하다가 찾았던 대안 중의 하나였다. 어떤 특정 분야에 1인 기업가, 전문가로 자기만의 브랜드화 시키기 위해서는 책을 써야한다는 정보를 얻었다. 어릴때부터 꿈꾸었던 작가의 꿈으로 제 2의 인생을 열어봐야겠다는 당찬 포부가 있어서 이건 꼭 때려죽어도 해야겠다라는 생각이 들었다.

그래도 지금도 많이 비싸지만 일단 책쓰기를 하기 위해서 어떻게 해야할지 인터넷에 정보를 찾아보았다. 2014년 가을부터 우라나라에 있는 책쓰기 강좌를 다 찾았더니 보통 2~3개월에 비용이 상당했다. 당연히 비용 때문에 처음에 고민을 했고, 비용을 투자했을시 과연 내가 얻는 결과가 제대로 있을까하는 두 번째 고민 때문에 일일특강에 다녀오고 나서 1년을 심사숙고했다.

계속 해야하나 말아야 하나라는 이걸 등록해야 맞다고 판단했다. 그 이야기를 듣고 다음날 난 바로 실행에 옮겼다. 아니다. 정확히 말하면 꿈을 위해 저지르기로 최종 결정을 했다. 이 꿈을 이루기 위해서 걸린 긴 시간은 딱 2일이다. 아마도 꿈을 찾기 위해서 여러분들은 아직도 노력중으로 알고 있다.

그런데 꿈을 저지르기로 해 놓고, 정작 실행해서 배워야 할 학원비가 없었다. 아마 예전의 나 였으면 돈이 없으니 나중에 하자 이렇게 대답했을 거 같다. 하지만 중요한 건 지금 힘들어도 어떻게든 책을 내보겠다는 의지로 돈을 마련해야 했다. 난 결국 내가 몇 달동안 아르바이트를 하여 바로 그 수업에 등록했다. 한마디로 내 꿈을 위해 이룰 수 있다면 일단 저질러보는 것도 중요하다. 이런 이야기를 수업때 하니 대단하다고 칭찬을 해 준 기억이 있다. 3개월 동안 책쓰기 수업을 진행후에 초고는 바로 두달안에 끝내는 것을 목표로 하여 즉시 실행하고 저질렀다. 수업 진행 마지막 2주차때부터 첫 꼭지를 시작하여 과정 수료 후 두달만에 첫 책《모멘텀》초고를 완성할 수 있었다. 아마도 실행하지 않고 생각만 했다면 아무것도 일어나지 않거나 변하지 않을 것이라 생각한다.

첫 책이 나오고 나서 생각했던 건 책이 팔리지 않았다. 홍보도 누가 해준다고 해 주는 것이 아니었다. 본인이 직접 책 이벤트를 하거나 강연회를 열어서 직접 널리 알려야 한다고 깨달았다. 바로 실행에 옮겼다. 혼자 sns를 통하여 책을 나누어 주기도 하고, 또 한편으로는 사서 보는 경우도 많이 봐오니 내 작품을 홍보하여 하나라도 살 수 있게 실행에 옮겼다. 이 후 다시 한번 두 번째 책을 써 보고 싶단 생각을 행동과 실행으로, 또 무모하지만 내 인생에 다시 한번 저질러 보겠다는 결심을 했다. 뭐든지 저질러야 내 것이 된다. 일도 그렇고 모든 인생살이 다 그렇다는 걸 뒤늦게 깨달았다.

고졸 출신으로 "꿈 문화 기획자"라는 직업을 스스로 만든 서동효 모티브하우스 대표에 따르면 청소년들이나 젊은이들의 진로를 고민하면서 가장 흔하게 접했던 유사질문이 "하고 싶은 일을 해아 하나요? 아니면 잘하는 일을 해야 하나요?"라고 한다. 서 대표는 이런 질문은 정말 무의미하다고 표현했다. 왜? 잘하는 일, 하고 싶은 일을 구분하기 위해선 일단 실행하고 저질러봐야 확실하게 안다고 설명하고 있다. 지금이라도 무엇을 하고 싶다고 하면 고민하지 말고 한번 실행해 보는 것이 판단하기에도 유리하다. 일단 실행하고 저지르면 그 시도하는 과정 속에서 또다른 길을 찾을 수 있을지도 모르니 말이다. 오늘이라도 망설이지 말고 과감하게 젊은이가 가지고 있는 특권인 만큼 실패를 두려워하지 말고 실행하고 저질렀으면 한다.

07

자신의 꿈에 대한 응원

당신이 할 수 있는 가장 큰 모험은 당신이 꿈꾸는 삶을 사는 것이다. - 오프라 윈프리

만약 당신이 꿈을 꿀 수 있다면 그것을 이룰 수 있다. 언제나 기억하라.
이 모든 것들이 하나의 꿈과 한 마리의 쥐로 시작되었다는 것을... - 월트 디즈니

　　　　　　　　2017년 두 번째 책을 계약하고 첫 번째
책을 내고 하지 못한 강연의 꿈을 가지고, 또 어떻게 해야 강연을 할 수
있을지 바로 방법을 찾아보았다. 인터넷 포털 사이트에 '강연, 스피치'
라는 검색으로 찾을 수 있는 방안을 모두 검색하고, 또 아는 작가님들에
게 자문을 구했다. 2016년 겨울에 창원 자기계발 모임인 "청춘도다리"
의 윤효식 대표님의 특강에 참여하게 되어 강연을 듣게 되었다. 윤대표
님의 강연 모습이 너무 멋져서 강연을 어떻게 하시게 되었는지 궁금했
다. 강연이 끝나고 짧게 상담해봤더니 처음부터 잘하지는 않았다고 했
다. 창원에서 직장생활을 하면서 "청춘도다리"모임의 리더로 한 달에 한
번씩 일반인을 연사로 초청하여 자기만의 이야기를 강연을 한다고 했
다. 나는 이것이 내 강연의 꿈을 실현시킬 첫 기회라고 생각하여 2017년

2월 모임때 연사로 서고 싶다고 부탁했다. 그것이 계기가 되어 드디어 2017년 2월에 첫 강사로 데뷔를 하고 꿈을 이루게 되었다.

"청춘도다리" 모임에 도착하니 책을 쓰고 싶다는 많은 분들이 모인 걸 보고, 나와 같은 꿈을 꾸는 분들이 많다는 사실을 알게 되었다. 설레고 부푼 마음을 안고 모임에 모여 나는 본인만의 인생 이야기를 강연했다. 별다르지 않는 필자의 인생 스토리를 집중하며 듣는 청중을 보고, 주변에 듣는 분들도 잠깐 둘러보니 정말 주위 분위기가 아주 뜨거웠다. 또 같은 꿈을 꾸는 사람들이 모여서 강의를 듣다보니 중강연이 끝나고 나선 서로의 꿈을 응원해주는 화기애애한 분위기가 계속 보였다. 아마도 내가 인생에 대해 공감을 하고 가고자 하는 꿈과 목표가 일치하고, 같은 공간에서 이야기를 하다보니 서로 더 격려하고 공감하여 그런게 아닐까 싶었다.

사실 필자도 처음이나 두 번째도 책쓰기에 도전하여 꼭 출간을 하겠다고 주변에 이야기하자 물론 이런 꿈에 대해 응원을 해주는 분도 있었지만, 대부분이 "책은 전업작가나 사회에서 유명한 사람이 쓰는거지. 네가 뭐가 있어서 책을 내냐? 아마 내도 받아주는 출판사가 있겠냐?"라고 폄하하면서 그냥 하던 일이나 잘 하라고만 했다. 하던 일은 물론 열심히 하고 있었다. 내 원래 직업에서 못하면 당장 밥벌어 먹고 사는데 지장이 있는데, 어떤 정상적인 사람이 아니라면 자기 직업을 등한

시하는 사람이 어디 있을까? 나는 지금 하는 일에도 자부심이 많아서 내 일에 대해 꿈과 목표가 있다. 지금도 그걸 이루어가기 위해 잠시 밀어났을 뿐이다.

필자는 주변의 부정적인 반응에 점차 나조차도 '그래 내가 정말 무슨 책을 쓴다고 하지? 내가 정말 할 수 있을까? 유명한 사람도 아닌데, 쓸 이야기도 마땅치 않은데 그냥 포기할까?" 라고 반문하기 시작했다. 그러자 자신감도 떨어지고 며칠동안 책쓰기에 대한 생각은 아예 접었다. 그러다가 보통 자기계발서에 나오는 내용이나 성공한 사람들의 자서전을 보면 남이 뭐라고 하든 신경을 쓰지 않고 우직하게 자기를 믿으면서 계속 노력 하다보니 결국 꿈을 이룬다는 내용을 잘 알고 있는데. 왜 나는 주변의 말을 듣고 이러고 있는 걸까라는 생각이 문득 들었다. 내가 책을 쓰고 싶은건데 왜 남들은 자기들은 시도도 안해보고 나한테 이래라 저래라 하는 게 더 기분이 나빴다. 이런 생각까지 들자 어차피 뭐든지 해보고 나서 되든 안되든 결론이 나고, 남들 말 신경쓰지 않고 정말 내가 하고 싶은 거니까 무조건 해야겠다고 마음을 먹고 그대로 밀어붙였다. 내가 하고 싶은 꿈에 대해 내 스스로를 믿고 응원해주기 시작하자 비로소 마음이 편해졌다.

그래도 처음에 계속 제 개인이 책 한권을 쓰는 것은 아직 좀 무리가 싶어 단계적으로 진행을 해 보기로 했다. 일단 일일특강을 듣고 나서 여러 명이 써서 책 한권을 내는 공저과정에 먼저 신청을 했다. 혼자서 원고를 다 책임지고 쓰는 게 아니고 여러 명이 파트를 나누어 쓰다 보니 부담감도 덜할 거 같았다. 또 강의때 들었던 원고를 실제로 어떻게 써 보면 될지 실제 테스트를 하거나 연습을 하는 기회라고 생각이 되었다.

이후 내가 배정받은 목차를 받고 마감일까지 원고를 쓰기 시작했다. 주제는 내가 하고싶고 되고싶은 꿈에 대한것이었다. 강의에서 배운대로 원고를 쓰기 시작했다. 처음 써 보는 원고라서 일반 일기나 글을 쓰는 작업과 틀린 줄 알았으나, 막상 써 보니 술술 써 나갈 수 있었다. 하고 싶은 일에 대해 쓰는 거다 보니 쓸 말이 많았던 거 같다. 어차피 원고를 쓰면 몇 번의 탈고를 거쳐야 그것이 출간이 되어 책이 나오는 거라고 강의때 들어서 알고 있었다. 원고를 마치고 공저과정 클래스에 보내고 나서 피드백을 기다렸다. 공저과정 강사가 내 글을 보니 생각보다 잘 써서 몇 문장만 다듬으면 바로 책에 낼 수 있을 거라는 대답을 들었다. 그 말을 듣고 나서 개인저서에도 도전을 해봐도 되겠다라는 생각이 들었다. 그리고 바로 개인저서 강의를 신청하고 3개월 간의 정식 책쓰기 수업을 듣게 되었다. 나를 믿고 내 꿈을 이룰 수 있도록 스스로 응원하면서 어떻게든 이루어보자라고 다시 다짐하고 새로운 도전에 임하게 되었다.

3개월간 내가 무엇을 써야 할지 컨셉을 잡고, 목차를 완성하여 원고를 조금씩 써 나가기 시작했다. 물론 추후 책이 나오기 까지의 전 과정을 다 다루는 과정이었지만 일단 책쓰기의 반은 목차 완성이 중요하여 이 부분에 강의와 피드백이 많았다. 3개월 간의 코칭이 끝난 후 같이 들었던 분 중에 반은 역시 지금 책쓰기는 어렵다고 포기를 하고, 끝까지 가보겠다는 동기들이 반 정도 남았다. 서로 독려하면서 필자도 두 달 안에 개인저서 초고 완성을 목표로 하여 계속 작업을 진행했다. 남들이 뭐라고 해도 나는 할 수 있다라는 그 마음으로 내 자신을 계속 응원했다. 내 자신을 응원하지 않으면 이 외로운 작업을 계속 할 수 있는 원동력이 생기지 않았을 것이다. 그렇게 내 자신을 독려하면서 정말 두달만에 초고를 완성하고, 이후 과정을 거쳐서 첫 책을 낼 수 있었다.

내 책을 받았던 그 날은 아직도 잊을 수 없다. 그 책이 좋든 안 좋든 평가는 그 다음 문제고, 일단 결과물이 나왔다는 사실에 또 나 자신의 꿈에 대해 지속적인 응원이 있었기에 해냈다라는 사실에 감격하고 눈물이 나왔다. 책이 나오고 나서 주변의 반응은 역시 반신반의하다. 처음보다는 작가의 꿈을 이룬 날 보고 대견하고 축하한다는 사람도 많았지만 여전히 네가 쓴 책이 팔리겠냐고 부정적으로 보는 분도 있었다. 책이 많이 팔리고 안 팔리고 문제가 중요한 게 아니라 난 내 자신의 꿈을 내 스스로가 이룬 것에 대해 뿌듯해서 알린 것 뿐인데, 여전히 주변 사람들은 책이 얼마나 팔리면 인세가 나오느냐 등에만 관심을 주니 더 이상 이야기를 하지 않았다. 정말 주변이 하는 이야기는 그냥 듣지 않고, 하고 싶은 게 있고 꿈이 있다면 자기 자신을 믿고 끝까지 응원하면서 가다보면 어떻게든 성과는 이루어지는 경험을 하게 된 것이 가장 큰 수확이었다.

그렇게 시간이 지나고 지금 이 책을 쓰고 있다.

첫 책을 내고 시간이 지나다 보니 다음 책을 또 내고 싶은 생각은 많았지만, 필자가 기대한 만큼 첫 책의 파급력이 크지 않아서 사실 의기소침했었다. 이 책으로 강연도 하고, 누군가에게 동기부여가 되는 그런 큰 꿈이 있었는데, 그 결과는 그다지 좋지 않다보니 책을 내도 바뀌는 건 없구나라고 좌절했었다. 또 그러다보니 내 꿈에 대한 응원은 소극적이기 시작했다. 그러다가 또 같은 꿈을 꾸는 분들을 알게 되고, 이번에는 나 자신이 아닌 정말 순수하게 같은 꿈에 대해 응원해 주시는 분들이 많아서 다시 한번 책쓰기에 도전하게 되었다. 같은 꿈을 꾸는 분들의 응원을 계속 받으니까 그 좋은 기운을 다시 받으니 자연스럽게 첫 책을 쓸 때처럼 내 스스로를 다시 응원할 수 있게 되었다.

2년전에 회사에서 문화생활로 뮤지컬 한편을 보러 간적이 있다. 제목은 〈구텐버그〉라고 하는 작품이다. 이 작품은 뮤지컬 작가 더그와 작곡가 버드가 자신들이 만든 뮤지컬 〈구텐버그〉를 뮤지컬의 본 고장인 브로드웨이에 올리려는 게 최종 목표로 현재 그들에게는 돈이나 프로듀서도 없어 본인들이 직접 극본을 쓰고 연기까지 하면서 노력을 하는 과정을 보여주고 있다. 힘이 들어도 이 뮤지컬을 올리기 위해 자신들의 꿈을 꾸준히 응원하면서 관객들에게 매일 꿈과 희망을 품으면 과감하게 뛰어들어 열정을 펼치라고 알려준다.

"꿈꿔요, 다함께" 마지막에 이 말 한마디로 결국 자신들의 꿈을 이뤄나가는 모습에 감동받았다. 이 뮤지컬도 내가 책쓰기를 하고 싶은 꿈을 실행하는 데도 일조를 했다고 볼 수 있다.

지금 책을 읽고 있는 여러분도 뭔가를 하고 싶은 게 있거나 생전에 꼭 이것은 해봐야겠다라는 꿈과 목표가 있다면 자신을 믿고 응원하면서 도전해 보는 것이 좋다고 생각한다. 아무것도 해보지 않고 도전도 하지 않으면서 내 꿈에 대해서 응원해 볼 기회도 없을 것이 아닌가? 날개가 있는데 날려고 도전해 나가는 새와 날개가 있지만 도전도 안 해보고 못 살고 그냥 하늘만 바라보는 새의 차이가 무엇이라고 생각되는가? 저 하늘을 날기 위해서 날려고 자신을 믿으면서 응원하는 새는 아마 거듭되는 실패에도 분명 저 하늘 위에서 날려고 하지 않는 새를 보면서 웃고 있을지 모른다. 자신을 응원하면서 지금 꿈꾸고 있는 무엇인가에 스스르를 믿고 꾸준히 나아가는 연습을 오늘부터 해보는 것도 좋을 것이다.

Chapter

04

인생의 법칙

"아름다운 삶을 위해"
할 수 있다는 믿음을 가지고
한 걸음씩 노력하는 사람은 천천히 가더라도
성공할 수 있다. 자기자신을
사랑하면서 할 수 있다는 확고한 믿음을
가질 수 있도록 노력해보자.

01

감정을 다스리고 마음을 비우자

자신의 마음 속에 크리스마스가 없는 사람은
절대 그것을 나무 밑에서도 발견하지 못할 것이다. - 로이 스미스

행복한 생활이란 마음의 평화에서만 성립할 수 있다.
키케로 잘 보낸 하루가 편안한 잠을 주듯이 잘 쓰여진 인생은
평안한 죽음을 준다. -레오나르도 다빈치

어릴 때부터 살던 광명시에서 초등학교 6학년 시절 1학기만 마치고 아버지가 일방적으로 서울로 전학을 가야 성공할 수 있다고 해서 서울 한 초등학교로 여름방학을 마치자마자 전학을 가게 되었다. 친한 친구들이 다 있고, 굳이 전학을 가지 않아도 잘 할 수 있었는데, 13살의 어린 나이로 불혹이셨던 그 당시 아버지의 말씀을 거역할 수 없었다. 원래 외향적이고 장난도 많이 치고 했던 내 성격이 전학을 가서 왕따를 당하는 그 순간부터 내성적이고 혼자 있는 것을 더 좋아하게 되었다.

혼자 있다 보니 감정기복이 심해졌다. 지금도 가끔 순간순간 욱해

서 화를 내거나 짜증을 내는 게 그때 감정조절이 잘 되지 않은 것이 가장 큰 원인이었다. 그때부터 아버지에 대한 반항감이 커져서 아버지가 공부해야 성공한다는 말에도 발끈해서 대체 왜 전학을 시켰냐고 대들기도 했다. 광명에 있을때는 정말 즐거웠고, 친구들과도 잘 지내고 있었는데.. 서울로 전학가는 바람에 모든 게 꼬였다는 생각에 그때부터 감정적으로 성숙하지 못한 채 학창시절을 보내게 되었다. 사춘기를 거치면서 아버지와의 사이는 더 나빠졌고, 아버지의 말 한마디에도 발끈해서 20살이 넘어 성인이 될 때까지 감정적으로 대했던 것 같다. 결혼 전까지도 아버지의 별말씀 아닌데도 그 말씀에 화를 내곤 했다. 서울로 전학가는 바람에 오히려 나는 내 인생을 망쳤다는 생각에 명절 때 친척들을 만나러 가지도 않았다. 지금 생각해보면 다 나의 인생이 잘되라고 한 덕담이지만, 어린시절을 돌이켜보면 그것이 독이 되어 가족들에게 다혈질적인 성격으로 감정 조절을 잘 하지 못하고 화만 내기 일쑤였다.

사회생활을 하던 시기에도 종종 감정조절을 하지 못해 일을 그르친 적이 많았다. 한번만 더 상황을 보고 판단하면 되었는데, 당찬 닥친 상황과 문제만 보고 감정적으로 대응했다. 특히 대리시절에 위의 팀장은 항상 자기 할 말만 하고 남의 말은 듣지 않아서 다혈질이었던 나와 종종 부딪쳤다.

"왜 내가 지시한 대로 하지 않냐? 내가 언제 이렇게 하라고 했어? 설명을 좀 해봐!!"

"혹시나 몰라서 처음에 작성하고 팀장께 중간에 체크를 받지 않았습니까? 기억 안 나세요?"

"야!! 니가 언제 나한테 체크를 받았냐? 자꾸 없는 말 지어낼래?"

이런 식으로 늘 서로 감정적으로 받아치는 패턴이었다. 그러다 계속 필자도 팀장께 그러면 하극상이 될까봐 몇 번 감정적으로 맞받아치면서 대들기도 했으나 결국엔 어차피 내가 질 것이 뻔해 침묵하기로 했다. 결국 감정적으로 대하다 보면 나도 똑같이 감정적이 되어 잘 해결될 일도 더 안 되는 경우도 많이 있었다.

대부분의 사람들이 자신도 모르게 화를 삭히지 못하고 부정적인 감정을 주체하지 못해 가끔 일을 망치기도 한다. 남들이 자신에게 한 말에 대해서 순간적으로 감정적이 되어 자신이 제어하지 못할 정도로 다혈질로 변하여 돌이킬 수 없는 결과를 초래하는 경우가 종종 있다. 그 일을 저지르고 난 후 정신차리고 결과를 보면 내가 왜 이랬지 하면서 자책하고 후회한다. 범죄자들이 그 순간을 참지 못하고 나쁜 결과를 가져오는 예와 비슷하다 볼 수 있다.

작년에 층간소음 문제로 다툼을 벌이다 윗층 사람이 아래층 사람을 칼로 찔러서 살해한 사건이 있었다. 사소한 감정으로 시작한 싸움이 큰 싸움으로 번져서 결국 사람을 죽이거나 다치게 하는 일까지 벌어지는 경우가 종종 있다. 나도 주상복합 아파트에 살고 있는데, 윗집에 새로 이사온 가족에게 아이가 밤늦게까지 계속 뛰거나 쿵쿵거리며 큰 소리를 냈다. 우리집도 아이를 키우다 보니 서로 이해하고 조심하는 분위기로 처음에는 좋게 이야기했다. 그러나 매일 밤늦게 뛰어다니는 일이 반복되다 보니 나도 사람인지라 또 참지 못하고 올라가서 정중하게 밤늦게는 뛰어다니지 말라고 부탁드렸다.

그러나 내가 생각했던 대답과는 달리 위층 아줌마가 분을 못 참고 나한테 오히려 적반하장으로 "아니 애들이 뛸 수도 있지. 같이 애들 키우는 입장이면서 이해를 못하시나?"라고 화를 냈다. 이 말에 나는 결국 이성을 잃고 같이 화를 내버렸다.

"매일 밤늦게까지 애가 뛰는데 잠도 못자고, 신경쓰이는 심정은 아시냐? 한번 내려와서 들어보시면 이해가 되실 거다."라고 맞받아쳤다. 서로 자기 생각만 하다가 옆집의 중재로 해결하지 못한채로 내려오게 되었다. 이런 상황에서 거꾸로 역지사지 입장에서 상대방을 조금 더 배려하고 이해했으면 어땠을까 생각하여 본다. 윗층 아주머니도 먼저 그렇게 시끄러웠냐 하면서 나나 우리 집에 있는 가족들에게 양해를 구했다면 어땠을까? 또 나도 거꾸로 애 키우는 입장에서 너그러이 포용하고 이해를 했으면 어땠을까? 다 감정이 앞서고 마음을 다스리지 못하다 보니 또 너무 세상이 각박해지고 개인주의가 팽배해져서 생기는 일인 것 같아 씁쓸하다. 너무나 세상이 빨리 변화하고 복잡하며 디지털화되니 거기에 따라가기가 바쁘다 보면 너무 다들 감정적으로 대하는 게 익숙해 지는 것 같다.

이런 세상속에서 내 나름대로 감정을 조절하기 위해 마음수련에 관련된 책을 읽고 인터넷에 있는 여러 마음 카페에서 정보를 찾아보았다. 여러 정보를 찾아서 종합해본 결과 대부분이 자기 감정을 컨트롤할 수 있는 가장 좋은 방법은 명상을 통해서 마음을 비우는 방법이라고 나와 있다. 마음을 비운다는 건 말 그대로 자기가 가지고 있는 모든 감정을 인정하고 내려놓는 것이다. 불안, 좌절, 걱정하는 부정적인 마음이나 기쁨, 즐거움등 긍정적인 마음은 모두 스스로가 만들어내고 느끼는 감정이다.

자꾸 상황마다 느껴지고 본인이 만들어낸 그런 감정을 다 비워내고 밖으로 흘려보내야 새로 또 채워진다. 그동안 참 머릿속에 수많은 생각을 하면서 감정적으로 대처하며 살았다. 아무것도 아닌 것에 괜히 오해하고 머리 아프게 문제에 대처하거나 쉽게 흥분하기도 했다. 그것이 다 내 스스로가 만든 감정의 굴레였는데, 자꾸 타인의 감정, 상황을 보고 탓했으니 얼마나 어리석은 일이었을까?

감정을 조절하고 마음을 비우는 것에 대해 크리슈난은 이렇게 말하고 있다.

"더 이상의 무언가를 채우지 않으며, 기대하지 않으며

기대 이상의 것도 바라지 않으며

기대 이하의 행동이 바람직하다 생각하며

나 자신을 깊이 생각하는 것이다.

복수심의 칼날도 필요 없으며

뒤돌아 서면 낯뜨거운 질투도 필요없으며

이것들을 달아오르게 할 오해도 필요없는 것이다.

사람과 사람 사이에 있어서

마음을 비우는 일만큼 가장 차가운 것은 없다.

그것을 달리 말하면 더 이상 관심을 갖지 않고

무관심해지려는 것과 같다."

처음 책에도 소개했지만 내가 요즘 감정을 조절하고 마음을 비우는 간단한 명상을 소개하고자 한다.

템플스테이에 갔다가 명상 관련 세미나에서 배운 방법으로 아침에 일어나기 전 또는 밤에 자기 전에 5분 정도 명상을 통해 마음을 비우는 간단한 방법으로 최대한 편안하게 자기가 취할 수 있는 자세로 앉거나 누워서 준비한다. 3-3-3 법칙을 이용하여 우선 복식호흡으로 3

초간 숨을 들이쉬고 3초간 다시 내뱉고 이 동작을 3회를 반복한다. 이것을 1사이클로 보고 6회 반복하면 1분 정도 소요된다. 동작을 반복하면서 머릿속으로 시원한 산속이나 휴양림을 상상하면서 편안하게 생각을 비워본다. 아직도 순간순간 감정이 올라오거나 부정적인 마음이 흘러오는 기분을 느끼면 마음을 비우는 명상을 해 보길 바란다. 이 방법 말고도 본인 스스로가 마음을 비우는 여러 방안을 찾아서 연습해 보는 것도 감정조절에 도움이 될 수 있을 것이다. 지금까지 감정조절이 되지 않아 여러 문제나 상황에 직면하고 있다면 지금 당장 감정을 배제하고 마음을 비워보는 연습을 하여 보자!

02

내 안의 잠자고 있는 거인을 깨워라

우리는 모두 자신도 모르는 가능성을 가지고 있다. - 데일 카네기

애벌레 속에는 훗날 나비가 되리라는 것을 말해 줄 만한
그 무엇도 들어 있지 않다. - 리처드 더킨스 터플러

어느 누구나 놀라운 잠재력이 있다. 그러므로 자신의 능력과 젊음을 믿어라.
그리고 끊임없이 "모두 다 하기 나름이야"라고 되뇌어라. -앙드레 지드

어릴 때부터 어머니는 필자가 무엇을 잘하는지 또 어떤 것에 소질이 있는지 초등학교 1학년 때부터 방과후에 이것저것 학원을 보내서 배우게 했다. 처음에 배우게 된 건 피아노 치기였다. 처음에 건반을 어떻게 치는지 악보를 어떻게 보는지부터 해서 바이엘 상, 하를 기본으로 배우고, 심화과정으로 체르니 책을 배우는 과정이었다. 바이엘 상, 하까지는 그래도 재미가 있어 곧잘 따라하고 했지만, 체르니 과정에 들어가서는 어려우니 재미도 없고 학원에 나가기가 싫었다. 그러다가 어머니께 말씀드리고 미술학원을 다니게 되었다.

원래 그림에 소질이 없었지만 미술학원에서 인물화나 사물화처럼 어떤 대상을 보면서 그리는 것에는 재미가 있었다. 석고상을 보고 연필로 하는 데생도 배우고, 사과를 올려놓고 빛에 반사되는 명도나 채도를 색으로 구분하여 그리는 것도 재미가 있었다. 그러다가 어떤 것을 주제로 놓고 상상하여 그리라고 하니까 또 어렵고 재미가 없어서 금방 그만두었다. 그 후 서예를 배워보라 해서 서예학원으로 옮기게 되었다.

일단 서예학원에 들어간 계기는 초등학교 저학년때 지금도 그리 잘쓰는 손글씨는 아니지만 악필에 가까웠다. 악필을 교정하기 위해 일단 펜글씨 연습부터 배우기 시작했다. 글씨가 조금씩 교정이 되자 또 재미있다보니 붓을 잡는 서예 기초부터 배우기 시작했다. 붓 잡는 연습부터 해서 선긋기, 한자 연습 순으로 해 나갔다. 손에 익자 다른 서체를 배우게 되었는데, 이것도 배우기가 어렵다 보니 재미가 없었다. 당연히 학원을 또 그만두게 되었다. 이 다음에 가게 된 학원이 소위 지금 말하는 스피치 학원으로 그 당시에는 웅변학원이라 불리었던 곳이었다.

내가 초등학교 다닌 시절은 전에 국민 학교라고 불리우는 시절로 북한과의 관계가 지금처럼 썩 좋지 못했다. 오로지 공산당을 반대하는 반공만이 존재하던 시절이다 보니 웅변 소재도 예전 한국전쟁에 대한 것이 거의 대부분이었다. 이런 소재로 연습을 하고 손을 모으는 제스처로 끝에 주장하면서 "이 연사 반공의 정신으로 공산당은 저리 물러갈 것을 강력히 주장합니다!!"라고 오로지 말도 딱딱 끊어서 하는 것이 유행이었다.

이상하게 필자는 웅변하는 것이 재미있었다. 선생님과 여러 주제의 원고로 연습하고 외워서 여러 대회에 참가하여 상도 타게 되었다. 다른 학원과는 달리 재미가 있다 보니 내 스스로도 적극적으로 참여하게 되고, 혼자서 시간날 때 마다 틈틈이 연습하여 나 자신만의 웅변 스킬도 연마할 수 있었다. 스스로도 이렇게 여러 사람 앞에서 말하는 능력이 있었을까 할 정도였다. 그 전에는 손 들고 선생님께 질문하는 것이 부끄럽지 않았지만 여러 사람 앞에서 말이나 장기자랑 하는 것은 조금 수줍어했다.

그러나 내 자신이 여러 사람 앞에서도 말하는 것을 좋아하고 그런 능력이 있다는 것을 알고 나니 더 열심히 하게 되는 원동력이 생겼다. 초등학교 5학년때까지 웅변을 하면서 성격도 외향적으로 바뀌고, 반에서 어디 놀러갈땐 사회도 본 기억이 있다. 지금도 여러 사람 앞에서 떨리지 않게 말할 수 있고, 노래도 하는 것은 아마 이때 길러진 내 안의 또다른 거인이었다.

한 과학자가 벼룩으로 실험을 한 결과를 봐도 알 수 있다. 벼룩을 한 책상 위에 올려 놓은 다음 책상 끝을 막대기로 내리쳐서 그 소리에 벼룩이 뛰어오르는 높이를 재는 실험이었다. 일단 막대기로 내리쳐서 올라간 결과는 자기가 뛴 높이의 50~100배 이상으로 뛰었다. 거꾸로 병안에 벼룩을 넣고 똑같이 내리쳤더니 그 병 높이 만큼만 뛸 수 없는 결과가 나왔다고 한다. 벼룩은 1시간 동안 포기하지 않고 병안에서 뛰는 걸 멈추지 않았다. 과학자가 벼룩을 꺼내서 올려 놓으니 병안의 높이만큼 밖에 뛰지를 못했다고 한다. 이 실험도 병의 높이가 벼룩의 잠재력에 영향을 주어 벼룩이 그 높이 만큼 밖에 뛰지 못한다고 점프할 수 있는 높이를 스스로 조절한 결과라고 한다.

아마도 어릴 때 그 전에 피아노, 미술, 서예를 배울 때는 재미도 있었지만 어려운 과정에 부딪혔을 때는 내 스스로 한계를 정해놓고 이것은 절대 못할거야 라고 늘 생각을 했었다. 내 한계를 스스로 그어놓고 다음 단계를 나아가는 것에 대해 두려움을 가지다 보니 재미도 없고, 포기가 빨랐다. 그러다 보니 내 안에 어떤 잠재력이 있는지 조차 꺼낼 생각을 못했다. 위 실험의 벼룩처럼 어릴 때의 나는 내 안의 잠재의식에서 이것 밖에 하지 못한다고 선을 긋고 억눌러 그 정도까지 밖에 못하는 사람으로 판단하여 지냈다. 물론 재미가 있으면 내 한계를 넘어 할 수 있는 마음은 생기지만, 그것도 극히 일부였다.

다만 웅변학원에서 내 잠재력 중 스피치 능력이 있다는 사실을 알고 나서부터 일단 다른 것을 배우거나 도전하게 되면 내 한계를 정하지 않고 일단 해보는 데까진 노력은 하려고 시도했다. 그러나 정말 겁이 나서 못하거나 하기 싫었던 것은 예전처럼 내 능력을 비하하여 할수 없다고 생각하여 먼저 포기했다. 지금 생각해보면 내가 관심있고 잘할 수 있다고 믿는 분야에 대해서 내 안에 숨어있는 거인을 깨워 한계를 정하지 않고 무한질주를 하고, 그 반대는 시도조차 하지 않았다.

그러다 보니 정말 두려워했던 자동차 운전도 면허는 대학시절에 일찍 땄지만 실제로 운전을 하면서 도로를 나갔던 것은 30대 초반이었다. 일 때문에 어쩔 수 없이 하게 된 운전으로 두려웠지만 내 한계에 도전하여 지금까지 하고 있다.

스스로 한계를 정해놓고 두려움을 가지고 할 수 없다고 생각하는 것을 과학계에선 "자기불구화"라고 명명한다. 아마도 많은 사람들이 이런 자기불구화를 의외로 가지고 있는 것으로 조사되고 있다. 물론 급변하는 사회에 무조건 한계를 돌파하여 도전하라는 것은 어불성설이다. 그러나 직장이나 주변에 봐도 수동적으로 인생을 살면서 자기 스스로가 한계를 그어 놓는 사람을 많이 보았다. 책을 내고 나서 어떻게 책까지 내게 되었냐고 질문을 많이 한다.

그러면 나는 그들에게 "일단 한 번 글을 써 보시면 그 이후엔 책까지 쓰실 수 있으실 겁니다."라고 대답을 한다.

그 대답에 다시 그들은 "에이, 내 주제에 무슨 책을 쓰고 어떻게 할수 있냐?"고 반문한다.

이 예만 보더라도 사람들은 책쓰기는 특별한 사람이 할 수 있는 것이라고 먼저 한계를 그어버리고, 도전해볼 조차 하지 않는다. 이런 예시는 주변만 보더라도 무수히 많을 것이다. 내 원래 직업에 관한 최고 자격증인 기술사 시험에 대해서도 주변 직장 동료는 그 자격증은 특별한 소수만이 가진 특권이라고 생각한다. 미리 준비도 해보지 않고 한계를 그어버리고 자기가 할 수 있는 잠재력은 믿지 않는다.

유명한 과학자인 에디슨은 "사람이 감추고 있는 잠재력은 무궁무진합니다. 직접 시도해보지 않으면 자신이 어떤 능력을 얼마만큼 가졌는지 영원히 모르고 살아갈 수 밖에 없습니다. 자기 자신을 믿으면 극복할 일이 없습니다."라고 자기 안에 가지고 있는 잠재의식의 중요성을 역설하고 있다. 우리는 아마도 오늘도 어떤 일을 하다 보면 습관적으로 내 스스로가 이것 밖에 안된다고 평가하고 어떤 일을 착수도 하기전에 한계를 그어 버린다. 이것을 탈피하여 해보지도 않고 안된다는 어리석음을 범하지 말자. 필자도 또다른 내 안의 거인을 꺼내서 지금 이 책을 쓰고 강연가가 되기 위한 도전을 계속 하고 있는 중이다. 지금 당장이라도 내 안의 거인을 깨우고 무한한 잠재력을 발견하기 위해서 가지고 있는 고정관념부터 깨는 연습을 하자. 물론 그 전제는 내가 하고 싶고 관심이 가야 하는 것이 기본일 것이다.

03

나는 할 수 있다고 믿어라

누구나 재능은 있다. 드문 것은 그 재능이 이끄는 암흑 속으로
따라 들어갈 용기다. - 에리카 종

자신의 능력을 믿어야 한다. 그리고 끝까지 굳세게 밀고 나가라. - 로잘린 카터

벌써 첫째 딸아이가 곧 초등학생이 된다. 처음 태어났을때는 마냥 작은 아기인줄 알고, 일이 바빠서 집사람이 거의 육아를 도맡아시피 했다. 5살이 되었을 때 레고 조립을 참 좋아해서 집 앞 마트 레고를 빌려주는 놀이방에 시간이 되면 자주 가곤 했다. 레고라는 장난감은 덴마크 장난감 회사인 레고사에서 나오는 블록 장난감이다. 역사가 아주 오래되서 나도 어릴 때 가지고 놀던 장난감이다. 지금은 애니메이션, 영화등과 연결되어 그 시리즈가 내가 어릴 때 보다 아주 다양하게 나왔다.

처음 갔을 때 딸아이는 혼자서 매뉴얼을 보고 조립하기에는 이해력도 부족하여 내가 같이 도와주곤 했다. 그러다 시간이 지나면서 어려

운 블록을 같이 만들면서 용기를 북돋아주고자 했으나, 어렵다보니 지레 겁먹고 늘상 놀던 쉬운 블록만 가지고 놀았다. 다시 갈때마다 새로 나오는 블록이 많다. 아이에게 블록수도 많고 사이즈가 큰 것으로 만들어보자고 추천한다.

그러나 돌아오는 대답은 "아빠! 저건 너무 어려워. 나한테 지금은 안되고, 그냥 예전에 하던걸로 하면 안돼?"였다.

그래서 나는 아이에게 만들다가 안되도 되니까 지금 저 새로운 걸로 한번 해보자고 하면서 "자신감을 가져봐! 어렵지만 잘 해낼 수 있을 거야. 믿어봐!"라고 아이가 자신감을 가질 수 있게 계속 권유했다. 결국 새로운 블록을 골라서 나는 블록을 찾아주고, 아이가 직접 매뉴얼을 보고 만들 수 있게 했다. 처음에는 어디에다 껴야 할지 몰라 몇 번을 울고 했지만, 그래도 시간이 걸렸지만 2/3 정도 혼자서 블록을 끼면서 하다 보니 익숙해졌나 보다.

처음보다 자신감이 붙었는지 블록을 찾아주는 나를 보고 "아빠, 나 이제 혼자 만들 수 있을 거 같아. 할 수 있어!"라고 하는 것이다. 이제 8살이 된 딸아이가 그 뒤로는 같이 갈때마다 혼자서 척척 만든다. 레고에 관한 한 자신감은 최고다.

지금도 대한민국 남자 평균 정도의 키를 가지고 있는 나는 어릴 때도 키가 작은 편이었다. 중학교 시절에는 조금 키가 자라서 중간 정도를 유지했으나, 고등학교 1학년 때 지금 키에서 멈추었다. 그 바람에 반에서도 앞에 앉을 정도로 작은 키에 콤플렉스가 생기기 시작했다. 늦게 키가 커서 180cm가 넘는 친구들은 교복을 입으면 옷발도 잘 받아, 여학생들에게 인기도 얻고 하니 자신감이 넘쳤다. 그에 비해 나는 여드름 투성이 얼굴에 마른 몸이다 멀리서 보면 왜소해 보이기까지 해서 자신감이 없었다. 그걸 커버하기 위해서 책도 많이 읽고 공부를 잘 하면 다르게 보이지 않을까 하여 나름대로 열심히 하고, 신경도 많이 썼다.

그러나 학창시절은 역시 처음에 보이는 외모가 중요했다. 고등학교 시절 짝사랑 했던 여학생도 처음엔 잘 지내다가 결국 키가 큰 남자 선배를 선택해서 내 자신을 초라하게 했다. 그 때가 고 2학기말이었는데, 더 떨어진 자신감을 회복하기 위해 대학입시에만 열중했다. 꼭 대학에 들어가면 지금까지 내가 꿈꾸던 연애를 꼭 하고 말리라 다짐하면서 미친 듯이 공부에만 몰두했다.

그렇게 공부를 하고 대학에 들어온 이후 외모가 다가 아니라는 생각을 가지고 뭐든지 자신감 있게 해보자고 결심했다. 학과 공부든 동아리 및 과 활동등 대학에서 할 수 있는 모든 것들을 할 수 있다는 생각으로 부딪혀 보기로 했다. 일단 여자친구는 꼭 사귀고 싶다는 일념 하에 군대 가기 전까지 많은 미팅과 몇 차례의 소개팅등을 시도했다.

그러나 결과는 다 참패였다. 처음에는 할 수 있는 자신감만 있으면 된다고 생각했는데 전략도 없이 밀어붙이기만 하니 당연히 잘될 수가 없었다. 또 이렇게 자신감이 떨어지니 다른 학교 생활에도 최선을 다하지 못했다. 매일 술만 먹고 놀기만 하고, 친구들끼리 우린 왜 이렇게 이성친구도 안 생길까 서로 한탄만 했다. 그러다가 다른 생활도 다 못할까봐 내가 할 수 있는 과 활동과 동아리 모임에는 자신감을 가지고 임하고, 연애문제는 포기했다. 몇 번의 기회가 있었지만 짝사랑으로만 2학년 마칠 때까지 연명했다.

군대 입대 날짜를 받고 나서 정말 나는 여자친구 한 번 못 사겨보고 군대에 가는구나 하는 생각에 점점 더 이성문제는 자신이 없었다. 뭘 하더라도 나는 할 수 없다는 생각만 계속 들었다. 나는 공군시험에 합격후 입대까지 5개월 정도 시간이 여유가 있었다. 휴학하고 입대할때까지 그래도 아르바이트 하면서 놀고 싶은 건 다 해보자고 결심했다. 낮엔 아르바이트를 하고, 밤에는 술먹고 당구치다가 노래방을 가는 유흥의 연속이었다. 그래도 이 당시에도 여자친구는 꼭 사귀고 싶다는 생각은 늘 가지고 있었다. 친구들에게 소개팅 좀 해달라고 계속 졸라댔다. 그렇게 부탁했지만 역시나 이성문제에 대해서는 반 포기상태였다.

그러다가 한 친구의 소개로 동갑내기 여대생을 소개받고, 요즘 표현대로 하면 썸을 타는 관계까지 발전했다. 이때까지도 고백하여 사귈 타이밍이 됐는데도 할 수 있다라는 자신감은 없고, 계속 입만 바싹바싹 타들어갔다. 이야기해봐야 또 차일텐데라는 생각만 머리에 가득했다. 신입생때부터 계속 차이고 실패한 기억 때문에 해보지도 않고 안될거란 결과만 예상하다 보니 도저히 내 자신을 믿지 못했다.

그러다가 커피숍에서 무슨 용기가 났는지, 또 무슨 자신감이 났는지 그녀의 장난에 소원을 들어준다는 말에 그것을 실행하고 결국 그녀를 내 여자친구로 만들고 입대를 하게 되었다. 내 생애 처음 사귄 여자친구였다. 상병시절 헤어졌지만 이성문제에 관하여 내가 그 일로 자신감이 생긴게 큰 수확이었다. 그 이후로 제대후 이성문제에 대해서는 자신감 있게 어필하고 진행하다 보니 어릴때보다는 훨씬 상황이 나아졌다. 이 결과는 이성문제에 관해선 최고로 잘 할 수 있다 라고 자신감을 가졌다. 몇 번의 시도 끝에 지금 아름다운 아내와 만나서 결혼할 수 있었다.

아직도 주변을 보면 이성문제에 관해서도 외모가 안된다고 키가 작다고 미리 자신감을 가지지 못한 채 이성에게 다가가면 당연히 실패할 확률이 높다. 자기 자신을 못 믿고 자신감이 없는데 어떻게 남에게 자신의 매력을 어필할 수 있을까? 일을 하면서도 마찬가지다. 본인이 자기 일에 자신감이 없으면 매사에 전전긍긍한다. 클라이언트를 만나도 자신없게 대답하니 신뢰가 쌓일 수가 없다.

미국 작가의 에머슨은 "자신감은 최고의 성공비결"이라고 한다.

그렇게 말한 이유는 모든 사람에게는 자기가 가지고 있는 뛰어난 능력이 있다. 다만 자신을 인식하지 못하고 자신의 능력을 낮게 평가하여 시도조차 안하니 어떤 성공을 하는지도 모른다. 자신에 대해서 확실히 파악하면서 그래도 본인이 뛰어나다고 생각하고, 자신에 대한 믿음을 가지는 게 자신감이라고 한다. 자신감을 가지고 어떤 사람이든 대상이든 일이든 간에 진지하게 임한다면 없던 힘도 나와서 주어진 모든 기회에 도전할 수 있다. 자신감을 가지면 일단 본인이 최고다라고 생각하기 때문에 설령 잘못된다 하더라도 다시 일어날 수 있다. 할 수 있다는 믿음을 가지고 한 걸음씩 노력하는 사람은 천천히 가더라도 성공할 수 있다. 자기자신을 사랑하면서 할 수 있다는 확고한 믿음을 가질 수 있도록 노력해보자.

지금 하고 있는 일이든 연애나 다른 상황이 있든지 간에 항상 할 수 있다는 마음을 가지고 자신을 믿고 꾸준히 나간다면 언제든 좋은 결과는 따라오게 마련이다.

04

평생할 수 있는 좋은 취미를 가져라

좋은 취미는 재주와 슬기보다는 오히려 판단에서 나온다. – 프랑스의 모럴리스트, 라 로시푸코

인간의 진짜 성격은 그의 오락에 의해서 알 수 있다. – 영국화가 레이놀즈

레저 생활 그 자체가 미적이고 고결할 만큼의 교양을 몸에 익히고 싶다.
– 미국 경제학자, 소스타인 베블렌

초등학교 시절 필자 취미는 친구들하고 학교 운동장에서 방과 후에 축구하는 것이었다. 축구를 잘하지는 못했지만 달리기는 잘해서 항상 공격수를 따라다니며 수비를 하거나 가끔은 공을 잡고 골대까지 전력질주 했었던 기억이 난다. 5학년 시절에는 친구집에 놀러가서 일본 가정용 게임기였던 패미컴을 보고 신세계를 경험했다. 바로 집에 가서 아버지에게 사달라고 졸랐다. 시험을 잘 보면 사주겠다는 아버지 말씀에 약속을 꼭 지키겠다는 다짐을 하고 다음에 있을 시험공부를 열심히 했다. 다행히 시험결과가 좋아 아버지가 바로 비디오 게임기 패미컴과 게임 몇 개를 사 주셨다. 이때부터 대학 들어가기 전까지 비디오 게임은 필자가 즐기는 취미 중의 하나가 되었다.

학창시절에 즐겨했던 취미는 독서, 비디오 게임(오락실 게임), 영화·음악감상, 축구와 농구, 가끔 노래방가서 노래하기로 정리할 수 있다. 공부하는 시간과 수업시간, 먹고 자고 하는 기본적인 시간을 빼면 거의 이 취미생활로 10대를 보냈다. 다른 친구들처럼 한가지 취미를 가지지 못하고 관심이 많아서 시간이 날 때 마다 다양하게 했다. 그러다 보니 어느 하나에 푹 빠지지 못하는 나를 발견하고는 일주일에 하나씩 해 보는 것으로 계획을 세웠다. 그러나 이마저도 지켜지지 못하다가 독서, 비디오 게임, 축구, 농구는 거의 매일 했다. 음악은 등하교길에 워크맨으로 듣고, 영화는 개봉하면 극장가서 시청하여 효율적인 취미생활을 영위했다.

이 중에 필자가 가장 즐겼던 취미는 비디오 게임과 독서였다. 이 당시 모든 비디오 게임은 일본에서 만들어졌다. 일본의 애니메이션을 바탕으로 만들어진 게임과 일본 게임회사에서 직접 오리지널 스토리를 만들어 제작한 게임도 많다. 이때 비디오 게임 장르는 사람들끼리 격투를 하며 싸우는 액션게임, 비행기를 조종하여 적기를 맞추는 슈팅게임, 주인공이 되어 미션과 퀘스트를 깨면서 스토리를 진행하던 롤플레잉(RPG) 게임, 삼국지처럼 아군과 적군으로 나누어 일정한 턴을 가지고 전쟁을 치루는 시뮬레이션 게임으로 크게 4가지로 나누어졌다. 이 중 필자는 롤플레잉 게임과 액션 게임을 좋아하여 이 두가지 장르의 게임이 나오면 무조건 아버지를 졸라서 샀다. 부모님은 내가 하는 일만 제대로 하면 내가 가지고 싶은 것은 다 해 주는 편이다 그 당시에 인기가 있었던 게임은 거의 접하여 플레이했다. 일본 롤플레잉 게임 양대 산맥으로 지금도 그 시리즈가 나오는 〈파이널 판타지〉와 〈드래곤 퀘스트〉, 삼국지를 바탕으로 한 〈천지를 먹다〉등 유명한 게임은 밤새 시간을 투자하여 엔딩을 보기 위해 노력했다. 중간중간 어려운 미션을 깰때는 스트레스도 많지만 그것을 극복하고 난 희열은 게임을 취미로 하는 사람은 누구나 알 것이다. 이렇게 혼자 집에서 하는 비디오 게임은 대학에 진학하고 나서 즐기던 취미에서 멀어지게 되었다.

독서, 즉 책을 읽은 취미는 어릴 때부터 위인전, 역사소설등을 꾸준히 접하면서 읽게 되었다. 중·고등학교 사춘기 시절은 입시와 관련하여 어쩔 수 없이 문학책을 읽어야 했다. 그런데 문학책도 읽다 보면 그 특유의 서정적인 분위기에 읽는 재미가 있었다. 대학수학능력시험을 마치고 나서는 비디오 게임 영향을 받아서 판타지 소설에 빠져 시간이 날 때 마다 읽었다. 대학시절 및 사회시절에는 다시 거의 책과 먼 생활을 하다가 힘든 시기에 다시 독서를 통하여 극복하고 지금까지 중요한 취미생활로 이어오고 있다.

대학을 졸업하고 첫 직장에 취직 후에 일도 바쁘고 퇴근하면 사람들 만나서 술 한잔 하느라 예전처럼 취미생활을 이어가지 못했다. 처음 들어간 회사에서도 야근하고 나면 스트레스 풀러 저녁에 반주 한잔 하는 것이 취미가 되어 버렸다. 필자가 하는 일은 땅에 대한 개발을 위해 인허가 서류를 만들어 관할 지자체 공무원과 협의하여 인허가 과정을 진행하는 일이었다. 발주처 및 지자체 요구에 따라 일이 바쁠때는 엄청 바쁘고 또 한가할 때는 한가하다. 그러나 항상 을의 입장에서 일을 하다보니 일에 대한 강도도 세지만 거기서 받는 스트레스도 상당하다. 이 스트레스를 풀기 위해 동료나 친구들을 만나서 술 마시는 게 일상이 되니 이게 한동안 취미가 되어 버렸다. 물론 20대 후반 젊은 나이에 직장인이 되고 돈도 버니 연애도 하고 싶고, 인간관계도 넓히고 싶어 자발적으로 술자리를 가지는 경우도 있었다. 그러나 나의 경우 이런 술자리를 통해 사람도 만나고 스트레스도 푸는 등 순기능도 있었지만, 결국 술로 인한 사고가 있다 보니 내 개인적으로 나쁜 취미가 되어 있었다. 술을 좋아하고 술을 먹으면서 사람을 만나는 취미가 나쁘다는 것이 아니다. 내가 가장 좋아하는 것이 사람을 만나서 이야기하고 술 한잔에 세상사는 이야기 하는 낙인데, 스스로가 술로 인한 주사나 실수로 인하여 나쁜 취미로 만들어버린 것이다. 그러다 몸도 버리고, 돈도 잃고서 시간까지 버리는 결과를 가져오게 되었다. 지금도 가끔은 술을 먹으면 이런 결과를 초래하는데 정말 나쁜 취미는 단칼에 잘라 버리는 것이 맞다. 내 스스로 반성하고 나쁜 취미는 될 수 있는데로 하지 않는 게 옳다.

평생 산을 좋아하신 장인어른은 젊은 시절부터 건강을 위해 등산을 시작하셨다고 한다. 그러나 그 재미에 푹 빠져서 우리나라에 있는 산은 모두 가보겠다는 목표를 세워서 매주 한 산을 정복하는 것으로 평생 취미를 가지게 되었다고 들었다. 산에 다녀오면 일주일에 업무로 인한 피로나 스트레스가 풀린다고 하셔서 필자도 작년부터 작은 산부터 한번 시간될 때 가보고 있다. 조만간 등산도 취미생활에 포함을 시켜보려한다. 아무래도 나이가 들면서 건강관리도 해야하니 이런 산에 가는 취미도 좋지 않을까 싶다. 올 봄에는 서울 근교와 경기도 인근 산부터 날씨가 따뜻해지면 시작해 볼 생각이다.

얼마전 예능프로그램에 60대 이상 밴드를 구성하신 어르신들이 나오셨다. 직장에서 만나 밴드를 구성하여 30년 넘게 취미생활로 음악을 한다고 했다. 아직 정정하고 그다지 나이가 들어보지 않는 잘생긴 할아버지께서 기타를 연주하며 노래를 하고, 나머지 분들이 드러머, 베이스에 합창까지 하시는 걸 보고 정말 대단하다고 감탄했다. 노래를 부르는 목소리도 정말 청아하여 아마 눈을 감고 들으면 어르신께서 부르는게 아니라고 착각할 정도였다. 잘은 부르지 못하지만 노래 부르는 걸 좋아하는 필자도 밴드를 만드는 일에 도전해보고 싶다.

이처럼 한 사람의 취미는 인생과 일에 영향을 많이 준다.

좋은 취미를 평생 가지게 되면 인생과 일의 활력소가 되지만, 나쁜 취미를 가지게 되면 그 반대의 결과를 초래한다. 내가 지금까지 겪어오면서 뭐든지 지나치고 중독되어 그것이 본인에게 안 좋은 영향을 미친다면 나쁜 취미라고 간주했다. 내 스스로가 중독되어 정신적으로나 육체적으로 피해를 본 경험이 있다보니 그런 취미는 처음부터 하지 않거나 아예 멀리 하는 것이 맞다. 이미 시작했다면 점진적으로 그만두거나 본인에게 피해를 주지 않은 선에서 조금씩 자제를 해야 한다.

거꾸로 평생동안 할 수 있는 좋은 취미를 찾아서 즐기면서 사는 것도 좋지 않을까 한다. 자기 인생에 도움이 되는 취미거리를 찾아 즐기면서 또 그에 대한 목표를 정하여 도전하는 것도 괜찮을 것 같다. 이 시기에 자기에게 제일 맞는 좋은 취미생활을 찾아 최대한 즐겨보는 거 어떨까?

05

흔들리지 않는 가치관을 세우자

가치관은 지문과 같아서 가치관이 같은 사람은 아무도 없지만
당신이 하는 모든 것에 그 흔적이 남는다. - 엘비스 프레슬리

나는 내일 지구가 멸망하더라도 한 그루의 사과나무를 심겠다. - 스피노자

가끔 요즈음 회식자리나 친구, 지인들과
의 모임에서 이야기를 나누다 술이 좀 오르거나 분위기가 무르익을 때
쯤 질문을 해 본다.

"너는 지금까지 살면서 어떤 인생관이나 가치관을 가지고 살고 있
냐?"

"너의 가치관은 도대체 뭐냐?"

이런 질문에 대부분은 답을 피하거나 생각해 본 적이 없다고 한다.

그러면 다시 필자는 지금까지 살면서 간단하게 그래도 본인만이 해
야 하거나 하지 말아야 할 것등에 대한 기준이 있지 않겠느냐고 반문
한다. 그러면 친구, 지인, 동료들은 저마다 하나씩 이야기를 한다. 아
버지가 보증을 서서 집이 망했던 한 친구는 평생 남에게 보증을 서지

않겠다는 대답을 했다. 어떤 지인은 남에게 거액의 돈을 빌려주었다가 받지 못했던 경험을 하다 보니 남에게 돈을 빌리지도 빌려주지도 않겠다고 했다. 또 지금까지 주식으로 돈을 벌기도 하고 큰 낭패를 경험하여 다시는 일확천금을 꿈꾸지 않겠다는 친구도 있었다.

이처럼 대부분의 사람들은 스스로가 정해놓은 규칙으로 인생을 살아가고 있다. 과거 경험에 비추어 앞으로 대비하여 좌우명을 정해놓고 실천하는 경우가 제일 많았다. 이 모든 것을 통칭하여 인생의 가치관을 확립한다고 정의한다.

가치관이란 국어사전에서 사전적 의미로는 "인간이 삶이나 어떤 대상에 대해서 무엇이 좋고, 옳고, 바람직한 것인지를 판단하는 관점"으로 정의하고 있다. 또다른 관점에서 보면 "철학의 목적을 가치관의 정립에 둘 정도로 가치관은 철학의 주요 주제이다. 내가 세상을 어떻게 바라볼 것인가, 즉 세상과 나 사이의 접점을 찾는 것이다. 세상이 이렇게 나오면 나는 이렇게 맞선다는 식의 세상을 상대하는 나만의 방법을 정하는 것이다. 생활의 여러국면과 과정에서 가치판단이나 가치선택을 행사할 때 일관되게 적용하는 가치기준과 그것을 정당화하는 근거, 혹은 신념의 체계적 형태를 말하며, 인간생활의 여러 국면과 과정에 따라서 국가관, 예술관등의 어느 하나 혹은 전체를 통칭하는 것이다." 라고 자세히 정의하고 있다. 즉 쉽게 말해서 사람들이 인생을 살아가는 데 있어서 어떤 것이 가치가 있고, 가치가 없는지를 판단하는 것이라고 보면 된다.

필자는 어릴때부터 가지고 있던 가치관은 어떤 일을 하더라도 끝까지 최선을 다하고, 결과는 하늘에 기다린다는 "진인사대천명"이다. 학창시절에 시험을 보거나 사회생활시 업무에 임할때도 늘 이 가치관을 마음에 품었다. 좀 힘든 일이 있거나 어려운 문제가 생기면 표정관리가 안되어 짜증도 많이 표출했지만, 맡겨진 일은 끝까지 최선을 다해서 끝내려고 노력했다. 그것이 지금까지도 주변에서 성실하다고 평을 해주시는 원동력이 되었다. 그러나 끝난 일에 대해 결과가 좋으면 다행이지만 잘 되지 않으면 그 실패에 엄청나게 집착을 하여 감정소모를 많이 했다.

단지 그 결과가 실패이면 왜 이렇게 되었는지에 대해 원인과 교훈을 찾으면 그만인데 항상 안 좋은 쪽으로 해석했다. 그렇게 걱정해도 그 실패가 나에게 엄청난 영향을 줄 거라고 생각됐지만 현실적으로 아무일도 일어나지 않았다. 그래서 앞으로 그 결과가 성공 또는 실패하더라도 마음 내려놓고 있는 그대로 받아들이는 가치관을 추가하려고 한다.

경제적인 관점에서 내가 가진 또다른 가치관은 "누구에게도 돈을 빌려주거나 돈을 빌리지도 말자. 친한관계에 있을수록 오히려 돈 거래는 하지 않는 것이 낫다. 또 어떤 경우라도 빚보증은 서지말자"는 것이다. 40년 가까이 직장생활을 여전히 하고 계신 아버지의 그 수입으로 우리를 키워준 어머니가 평생을 일깨워준 고귀한 가르침이다. 사실 친한 친구에게 사소한 일로 1~2만원이나 어려울 때 큰 돈을 빌려줄 수도 있는데, 나는 금전관계 만큼은 친한사이일수록 하지 말아야 한다는 결심이 대단하여 절친한 친구들이 돈 이야기 할때는 핑계를 대기도 했다.

그래서 정말 친한 친구가 실직하고 경제적으로 어려울 때 다른 친구들은 십시일반 모아서 빌려주기도 했지만, 나는 동참하지 않았다. 그 일로 친구들과 좀 서운하다라는 이야길 들었지만, 그래도 나는 돈에 대한 가치관은 확고했다. 앞으로도 돈과 관련된 문제는 이 가치관이 바뀌는 일은 없다.

물론 위에 언급한 스스로가 확고한 가치관과 달리 앞으로 고쳐야 할 내 가치관에 대해 말해보고자 한다. 많은 자기계발서에 보면 자신감과 자존감을 키우기 위해서 자신을 사랑하고 자신과 한 약속은 지키라고 알려주고 있다.

그러나 나 스스로 이 사실을 잘 알고 있으면서 언행일치가 되지 않은 적이 매우 많다. 사회생활을 13년째 하면서 남들에 비해 이직이 참

잦았다. 월급이 밀려서 사직한 적도 많지만 내가 못참고 인내심이 부족해 퇴직한 경우도 있다. 이직시 전 직장에 사직사유를 이야기할 때 말도 안되는 변명과 거짓말을 한 적도 있다.

필자 본인이 지금의 직장을 선택했으면서 누군가에 의해서 강압적인 이유로 억지로 다니고 있는 것처럼 핑계를 늘어놓았다. 그냥 내가 싫으면 사표를 던지고 당장 그만두면 그만인데.. 스스로에게 솔직하지 못했다.

술 문제도 마찬가지다. 꼭 과음하여 필름이 끊기거나 실수를 하여 꼭 다음날 이젠 내가 술을 마시면 사람이 아니다라고 결심한다. 그렇게 다짐과 달리 다시 저녁에 술을 찾는 경우도 많았다. 스스로에게 오늘만 마시고 다음부터 안 마시면 되지 라고 또 스스로에게 변명만 늘어놓았다. 딱 맥주만 먹겠다, 아니면 금주를 당장 실천하겠다고 마음 먹으면 흔들리지 않도록 해야 하는데, 의지까지 약해서 이랬다 저랬다 줏대없이 내 스스로의 기준을 상황에 따라 맞춰갔다.

그 결과가 이제야 나오는데, 한 직장에서 힘들어도 쭉 버틴 친구들은 이제 승진도 하고, 자기만의 영역을 구축하여 나가고 있다. 그러나 나는 여러번의 이직으로 자리를 잘못 잡다가 이제 조금씩 내 스스로에게 솔직한 자세로 다시 한번 도전해 보려고 한다. 필자의 현재 모습은 내가 과거에 어떤 것을 선택하여 반영된 결과이다. 이 선택에 대해 내가 인정을 하지 못하고 계속 구구절절한 변명만 일삼았던 그 삶을 앞으로는 고치고 싶다.

교육학자이자 심리학자인 슈프랑가는 사람들이 인생을 구성하는 가치관이 6가지 유형이 있다고 알려주고 있다.

첫 번째가 진리추구라는 추상적인 것에 끌려 사물을 논리적으로 이해하려고 하는 이론형이다. 이들은 세상속의 일은 논리적으로 정리하는 것을 좋아한다고 한다. 두 번째가 경제형으로 실용적 가치를 중시하고, 사물을 배우는 것에 무엇에 도움이 될까를 고민하는 실리적이고 현실적인 특징을 보이고 있다. 세 번째로 심미형으로 미적 체험에 무엇보다도 가치를 두어 스스로 아름답게 살고 싶다는 사고가 강하다고 한다. 네 번째로 사회형으로 타인에 대한 관심이 높고, 사람을 좋아하여 인간관계를 수단으로 맺는 것을 중요하게 여긴다. 다섯 번째가 정치형으로 사람이나 조직을 움직이는 것에 가치가 있다고 판단한다. 마지막으로 종교형으로 신비적인 체험에 무엇보다도 가치가 있다고 하는 사람들이다.

난 위에서 네 번째 유형인 사회형으로 가치관을 가지고 있는 것으로 판단된다. 사람을 만나는 것을 좋아하여 사람들과의 교제를 통하여 서로 도와주고 남에게 좋은 영향력을 주고 현재는 그런 가치관을 가지며 평생을 살고 싶다는 생각을 했다. 지금 가치관을 못 정했거나 지금까지 가지고 있던 가치관이 흔들린다고 했을 때 위에서 언급한 6가지를 한번 천천히 읽어보고 내가 인생을 살면서 어떤 가치관을 가지고 있는지 파악해 보는 것이 일단 중요하다. 그 후 본인에게 무슨 일이 있어도 본인만의 가치관이 확고하다면 흔들리지 않고 앞으로 계속 나아 갔으면 한다.

06

평생 바꾸지 않을 습관을 가져라

성공한 사람은 실패한 사람이 좋아하지 않는 일을 하는
습관이 있는 사람이다. – 토마스 에디슨

네 믿음은 네 습관이 된다. 네 생각은 네 말이 된다. 네 말은 네 행동이 된다.
네 행동은 네 습관이 된다. 네 습관은 네 가치가 된다.
네 가치는 네 운명이 된다. – 마하트마 간디

처음에는 사람이 습관을 만들고, 그 다음에는 습관이 사람을 만든다. – 마크 매트슨

얼마 전 블로그로 소통하던 이웃분께서
평범한 주부로 살아오면서 출산, 육아로 건강이 나빠지고 힘든 시간
을 보내고 이것을 바꾸기 위해 최소의 습관이라는 전략으로 매일매일
조금씩 실천하면서 본인인생을 변화시켜 이것을 계기로 책까지 내게
되었다. 매일하는 최소습관으로 인생을 바꿀 수 있다는 메시지를 알
려주는 아주 유익한 책이었다.

일단 습관의 사전적 의미를 살펴보면
"정형적이며 자동적으로 발생하는 반응이라는 점에서 자유로이 변

화하는 의도적 반응과 습득된 결과라는 점에서 선천적 반응과는 또 구별된다. 같은 상황에서 반복된 행동의 안정화 또는 자동화된 수행을 말하며, 좁은 의미로는 반복에 의한 근육운동등을 말한다. 주기적으로 반복하는 식사나 수면습관, 풍속 및 문화 등 넓은 관습에 대해서도 습관으로 볼 수 있다"라고 나온다.

"세 살 버릇 여든까지 간다"라는 속담을 언급하면서 어릴 때부터 습관의 중요성을 알고 있었으나, 제대로 실천한 적은 지금까지 한번도 없었다. 성공하거나 잘되는 사람을 보면 좋은 습관을 가지고 매일매일 똑같은 일상을 반복하는 공통점이 있다. 문단 처음 속담을 언급한 마크 매트슨은 유명한 습관 컨설턴트이다. 이 사람이 아래와 같이 습관의 필요성을 역설하고 있다.

"좋은 습관은 몸에 잘 물들지 않지만, 일단 몸에 배면 삶이 편해진다. 나쁜 습관은 몸에 금방 물들고, 일단 몸에 배면 삶이 힘들어진다. 만약 의식적으로 좋은 습관을 들이지 않으면 나쁜 습관을 무의식적으로 들이게 된다."

지금까지 살아오면서 가지고 있는 나쁜 습관이 있는지 한번 살펴보았다. 일상생활에서 무심코 하는 나쁜 습관은 다음과 같은 것이 있다.

믹스커피를 종이컵에 넣고 그 종이로 젓는 습관, 10분안에 빨리 먹는 식사습관, 티비나 인터넷을 하면서 밥 먹는 습관, 귀이개로 귀지를 자주 파는 습관, 화장실에서 볼일 볼 때 스마트폰 사용하는 습관등이 이에 속한다고 한다. 필자는 다 해당하는 것 같았다. 회사에서 일하다 믹스커피를 이용하는데 이때 수저를 사용하는 것이 귀찮아서 뜨거운 물을 붓고 바로 종이로 저어서 마신다. 이게 나쁜 습관인 이유는 봉지를 뜯을 때 인쇄 면에 합성수지제 필름이 같이 벗겨지면서 인쇄 성분이 마시는 물에 같이 용해되어 우리 몸속에 들어가기 때문이라 한다.

또 입대하기 전까진 느긋하게 식사를 하면서 사람들과 이야기도 하고 소화도 시키곤 했는데, 군대에서 식사를 빨리 먹게 되는 습관이 들고 나서 지금까지도 10분안에 빨리 먹고 있다. 이것이 안 좋은 이유는 음식을 먹는 속도가 빠를수록 지방간이 생기기 때문이라 한다. 빨리 먹어서 음식물이 위장으로 들어가서 배가 부르면 식욕 억제 호르몬이 분비되어 뇌에서 그만 먹도록 신호를 보내기까지가 약 15분 정도가 걸리는데, 10분안에 먹어버리니 호르몬 분비가 되기도 전에 칼로리가 늘어나 지방이 쌓여서 지방간까지 가게 된다고 한다. 이 이유를 알고나니 필자도 계속 지방간이 쌓이고, 배가 나오는 이유가 식사를 너무 빨리 먹는 습관이 맞는 것 같다.

또 귓구멍이 상대적으로 커서 먼지가 잘 들어가다 보니 어릴때부터 귀이개나 면봉으로 샤워 후에 귀지를 파내는 습관이 있었다. 귀지를 파낼 때는 시원한 느낌이 들어 습관적으로 파게 되지만 이것이 건강에는 안 좋다고 한 신문기사에서 본 적이 있다. 이 기사에서 귀지는 귀 내부를 보호하는 역할을 하기도 하는데, 이를 무리하게 긁어내면 귀의 면역력을 떨어뜨릴 수 있고, 뾰족한 도구를 사용하게 되면 귀 안에 상처가 생겨 중이염을 발생할 원인이 되어 나쁜 습관으로 본다고 한다.

또 아침에 일어나서 늘상 화장실에 가면 스마트폰을 들고 가서 볼 일을 보는데. 이것도 나쁜 습관이라 한다. 화장실 변기에 앉아 스마트폰을 들여다보면 항문주변 모세혈관에 압력을 받아 혈액순환 장애로 인한 치질이 생길 수 있기 때문이다.

무심코 하는 일상생활 습관들이 필자에게는 모두 다 해당이 되었다. 모르고 지나갈 수도 있었지만 이것이 나쁜 습관이라고 파악이 되면 하나씩 매일이라도 조금씩 개선해 나가야 할 것 같다.

이것보다 가장 나쁜 습관은 지금은 많이 나아지고 있지만, 어릴때부터 거의 매일 마시던 술자리와 술버릇이었다. 술을 많이도 먹었지만 먹고 난 후 술버릇이 약간 좋지 않아서 한동안 고생했다. 그래서 요즘은 의도적으로 좋은 습관을 만들어 이 나쁜 습관을 상쇄시키기 위해 노력중에 있다. 술을 많이 마실 것 같은 지인들이 있는 술자리는 의도적으로 피하기도 하고, 가더라도 절주를 하기 위해 양해를 구하기도 했다. 가끔 접대나 즐거운 자리에서 아직 실수를 조금씩 하고 있지만, 앞으로는 더욱 이 나쁜 습관을 없애기 위해 노력할 것이다.

　꼭 술에 대한 나쁜 습관을 없애기 위해서 좋은 습관을 의도적으로 만드는 것은 아니지만, 이제는 남은 내 인생을 위해서 진심으로 노력하려고 한다. 정말 좋아하는 지인이나 사람들이 모인 자리가 아니라면 그 시간에 차라리 공부를 하거나 책을 읽는 게 더 유익하고 좋은 습관이라고 본다. 물론 사람들을 안 만날 수는 없지만, 아까운 시간에 오히려 알차게 보내는 것이 자기계발에도 유리하니 더 좋다고 본다. 그 후 지금은 자신을 돌아보기 위해 시간이 나면 책을 읽거나 글을 쓰는 습관을 들이기 위해 노력중이다.

　일본의 유명한 자기계발 작가이자 강연가인 오구라 히로시는 본인이 지은 여러 자기계발서에도 습관의 필요성을 역설하고 있다. 본인도 아침 일찍 일어나 운동을 하고, 타인을 소중히 여길 수 있는 방법을 궁리하고, 공부할 시간을 만들면서 일과 취미에 모두에 최선을 다하고 있다. 그러면서 필자는 습관을 쌓아나가면 인생이 달라진다고 믿고 있다. 또 그는 자기에게 중요한 것만 취하고 결정하면 불필요한 것은 의도적으로 버리는 연습을 했더니 좋은 습관은 몸에 배고, 나쁜 습관과는 이별을 할 수 있다고 한다. 이런 식으로 하루 사이클을 기본적으로 만들어서 매일매일 실천한다고 한다.

　또 가수이자 작곡가, 댄서로 유명한 박진영도 20년 동안 매일 아침 똑같은 시간에 일어나 식사를 하고 2시간 동안 운동을 한다고 한다. 그 이후 같은 시간에 음악 곡 작업을 한다고 한다.

　나도 물론 위의 사람들처럼 좋은 습관을 들이려고 내 나름대로 하루 스케줄도 점검해 보고, 일주일 단위로 계획을 세워보는 연습을 한다. 일주일 단위로 크게 시간을 보고, 어차피 9시에서 7시까지는 정해진 회사업무시간이 있어서 그것을 피해서 내가 우선적으로 할 수 있는 좋은 습관을 할 시간을 가지려고한다. 역시 많은 습관 책들이 알려주는 새벽시간을 활용하라고 알려주어 5시에 기상하는 연습을 하고 있으나, 아직 초기라 많이 실패한다. 난 만약에 5시에 일어나면 그냥 독서를 하거나 밖에 나가서 산책을 하는 편이다. 정말 전날 야근이나 접대로 피곤하더라도 지키려고 해 보지만 요즘엔 잘 지켜지지 않는다. 그래서 퇴근 후에 10시부터 12시나 1시까지 특별한 약속이 없다면 자기계발을 하는 시간으로 습관을 들이는 중이다. 지금 이 책을 쓰는 시간도 이때가 아니면 도저히 시간을 낼 수 없을 거 같아서 어떻게든 책상에 앉아서 쓰고 있다. 한꺼번에 바꾸는 건 힘드나 조금씩 실천하면서 습관화시키면 앞으로 내인생도 달라지지 않을까 싶다. 요즘 체력이 떨어지는 것 같아서 운동을 다시 조금씩 시작해보려고 한다. 이처럼 습관도 하고싶은 일이나 바꾸고 싶은 일을 찾아 조금씩 습관으로 바꾸어 나가면 평생 바꾸지 않을 습관화가 되어 인생을 바꾸는 원동력이 될 것이다. 오늘이라도 좋은 습관을 찾아 자기만의 방식으로 조금씩 바꿔보는 것을 어떨까?

07

세상에서 가장 큰 투자, 배움

과거의 실수에서 배우고, 과거의 성공에 기대지 마라. – 데니스 웨이틀리
좋은 시절에 힘써 부지런히 배우라. – 도연명
유능한 사람은 언제나 배우는 사람이다. – 괴테

대학졸업후 사회생활을 시작하면서 여러 상사들을 직장에서 만나게 되었다. 상사 밑에서 여러 다른 스타일로 일을 배우면서 그들의 생활방식도 같이 볼 수 있었다. 실무에서 강하지만 퇴근 후에 술자리만 찾아다니는 상사, 정말 일도 잘하시는데 늘 자기가 부족하다고 업무시간이나 퇴근 후나 책을 보고 공부를 하시는 상사, 외모만큼이나 일처리도 깔끔하고 천재적인 두뇌를 가졌던 상사등 여러 유형이 있었다. 10년이 지난 지금 이 상사들 중 가장 잘 나가고 있다는 상사는 누구일지 3초의 시간을 줄테니 한번 맞추어 보기 바란다.

시간을 너무 많이 준 것은 아닌지 모르겠다. 당연히 3번째 아니면 2번째 상사를 꼽는 건 당연할 것이다. 천재적인 두뇌를 가졌던 상사는

기술직 최고 자격증 시험도 3번만에 합격을 하고 본인만의 회사도 일찍 차려서 승승장구 하고 있다. 그리고 자기가 부족하다고 했던 그 상사분도 아직도 부지런히 배우면서 이쪽 일 방면에서 인정을 받고, 조금 늦게 갔지만 지금은 천재적인 두뇌를 가진 상사와 같은 길을 걸어가고 있다. 실무에서 강했던 상사분도 이분들과 비교하면 그래도 조금은 상황이 좋진 않지만, 워낙에 실전경험이 많은 분이라 조직체의 임원으로 잘 계신다.

필자는 여러 유형의 상사들을 보면서 이쪽 분야에서 내가 살아남으려면 누구의 발자취를 따라가는 것이 맞을지 시간을 두고 고민했다. 아무리 생각해도 천재적인 두뇌는 없고, 그렇다고 아직 실전에서 강한 것도 아니었다. 그래도 성실하다는 평가는 있었고, 나도 늘 내가 부족하다고 고민은 했기에 두 번째 상사를 벤치마킹 해보기로 했다. 이때가 30대 초반 나이였다.

이전까지 필자는 늘 업무시간에 책임을 다해 열심히 했으나, 퇴근 이후 오로지 친구,지인들과의 술자리와 여자친구와의 데이트 등이 주 생활이었다. 무엇을 배운다는 생각 자체는 하지 못하고, 배운다고 해도 유흥이나 놀거리에 대한 것 뿐이었다. 아마도 학창시절 내내 공부하고 이제 사회생활 하면서 돈을 벌어보기 시작했으니 이젠 공부라는 것에서 해방되어 놀고만 싶은 생각이 꽤 컸을 것이다. 그리고 20대 후반의 나이니 혈기왕성할 이때가 아니면 즐기지 못할 생각이 들어서 그 당시에는 매일 놀았다.

그렇게 3~4년을 놀다보니 놀때만 재미있고 즐거울 뿐이지 이후엔 지출된 돈이나 나빠진 건강등으로 후회하고 아쉬워 하는 날이 늘어 그리고 점점 직장에서도 연차가 올라가면서 잘 나가는 동기들이 부럽고, 이러다가 도태되지 않을까 하는 마음에 조급해져서 뭔가를 해야겠다는 생각도 계속 들기 시작했다.

그 전에는 상사가 시키는 일만 가지고 푸념만 늘어놓으면서 억지로 했다면 대리 진급 후엔 내 스스로가 배우면서 일을 해봐야겠다는 마음가짐으로 시키는 일에도 내 나름대로 의미를 부여하기 시작했다.

필자가 하는 일은 앞에서도 언급했지만, 땅에 대한 개발을 검토하고 인허가를 내주는 일이다. 클라이언트가 자기가 소유하거나 투자할 땅을 가지고 우리 부서에 의뢰를 하면 나는 일단 그 땅이 가지고 있는 현재의 정보를 모두 모아서 분석한다. 처음 사원시절에는 이런 일을 상사가 어떤 법률을 찾아보고, 그 땅에 대한 위치도를 그리는 등 시키는 일만 했다. 이후에는 이런 시키는 일에 대해 왜 해야하고, 어떻게 흘러가는지 상사가 하는 업무 스타일을 보고 따라해보고 혼자 연구해보기 시작했다. 그렇게 업무에 관한 책을 찾아보고 내 나름대로 방식을 만들어가고 모르는 것은 상사나 선배들에게 물으면서 알아가면서 일하다보니 업무가 점점 즐거워지고 자신감도 많이 붙게 되었다.

두 번째 유형의 상사는 자기가 부족하다고 생각했다고 부족했는지 업무시간에도 계속 책을 찾아보고 퇴고 하고 있다. 이따 후에도 집에 가서 혼자 늦게까지 공부하면서 또 학원을 다니면서 계속 배운다는 이야기를 할 때 처음에 이해가 되지않았었다. 학교 다니면서 공부를 하여 직장에 왔는데, 직장에서도 계속 공부를 해야한다고 했을 때 그런 이야기가 잔소리로만 들렸다. 하지만 내가 직접 업무를 연구하고 배우고 공부하다 보니 그런 말이 내 착각이었던 것이다. 배우는 즐거움이 이제야 이런 거란걸 알았고, 지금의 그 상사를 보고 나선 직장에선 살아남기 위해선 계속 공부하고 배워야 한다는 걸 깨달았기 때문이리라.

그 이후로 필자는 스스로 업무능력을 높이기 위해서 관련 법규, 지침등은 모조리 숙지하기 시작했고, 그런 노력이 빛을 발하는지 실무능력이 크게 배양되었다. 직급은 대리였지만, 상사들도 그걸 인정했는지 팀장급으로 대우를 해주기 시작했고, 다음 단계로 도약할 수 있는 발판을 만들었다. 그때가 30대 초반으로 지금보다도 내가 하는 일에 가장 자신이 있었을 때였다. 그 후로 기술직 최고 자격증인 기술사 취득을 위해 노력했지만 잘 되지 않고, 일을 열심히 해도 월급이 밀리는 생활고와 직원들은 다 나가면서 남은 일까지 처리하느라 계속되는 야근과 철야근무에 지쳐만 갔다. 다시 무엇인가를 배우는 것은 어불성설이었다. 그러다가 2012년 초에 회사를 나오게 되면서 다시 배움에 투자

한다는 것은 현실과 함께 사라졌다.

　필자가 그 시기를 어떻게 극복했는지는 여러 번 언급했었다. 여러 성공한 사람들의 책과 자기계발서를 읽고 내 마음을 다시 추스르기 시작하면서 역경을 이겨낸 사람들은 실패에서 기회를 찾고 자기를 다시 찾아가는 과정에서 다시 기회를 본다고 했다. 그 과정에서 배움에 투자하는 것이 가장 빠르다고 했고, 나도 다시 예전처럼 무언가를 다시 배우면서 기회를 봐야겠다고 다짐했다. 그렇게 다짐하고 다시 사회로 복귀 후 내가 배우고 싶은 분야가 있으면 다시 도전해 보기로 했다.

　그렇게 배워보고 싶었던 분야가 책쓰기, 내 업무 분야 자격증, 영어 공부를 하기로 선택을 했다. 그래서 그 동안 무의미하게 보냈던 시간을 내 배움에 투자하기로 했다. 책쓰기 수업과 자격증 공부, 영어 공부를 순차적으로 순서를 정해서 실행하고, 책쓰기 수업도 같이 병행하였다. 그 이후 일련의 과정과 수업을 들으면서 다시 배울 수 있는 기쁨을 느끼면서 과제도 충실히 하고, 과정 수료 후엔 미친 듯이 책이라는 결과물을 얻기 위해 내 스스로 또 연구하면서 노력을 기울였다. 그렇게 1년을 꼬박 책쓰기를 진행하면서 내 배움의 결과로 결국 공저와 첫 번째 개인저서가 이 세상에 나오게 되었다. 이후 배우는 즐거움을 완벽하게 이해하게 된 나는 무엇이든 꾸준히 배우면 그것이 어떤 형태로든 나에게 도움이 된다는 좋은 교훈도 얻게 되었다.

　이후 학교 다닐때도 따지 못했던 나의 업무 분야 자격증도 다시 시
작한지 2개월 만에 취득하는 성과를 올렸다. 다시 시작하면서 배우는
즐거움을 알고 있기에 시험문제가 어렵고 그 과정이 힘들더라도 즐기
게 되었다. 매일 즐기면서 하다보니 자연히 결과도 좋았다. 이런 작은
경험들이 이젠 평생을 배움의 길로 나를 안내하게 되었다.

　그리고 다시 이 책을 쓰고 있다. 이젠 평생 책을 쓰고 읽고 하면서
인생을 배우고 싶어서 다시 한번 책쓰기에 도전했다. 첫 책을 쓸 때 보
다도 즐겁게 이 과정을 즐기고 있다. 영어 공부는 해외사업을 꼭 한번
해볼 기회가 있을 거 같아서 원서나 전화영어, 미국 드라마 시청 등으
로 다양한 방법으로 배움에 임하고 있다.

　지금도 필자는 저축도 중요하지만 한달에 버는 일정 수입의 10% 정
도는 본인 자기계발이나 어떤 배움에 투자하라고 말하고 싶다. 돈을
모아서 집이나 차를 사는 것도 중요하지만, 그것보다 자기의 능력을
키우는데 투자를 하면 오히려 그것보다 더 큰 가치를 발견하지 않을까
한다. 사람이 계속 무엇인가를 배우지 않으면 기계가 녹이 슬어 방치
되는 것처럼 어느 순간 도태되는 상황도 생길 수 있다. 성공하기 위한
가장 좋은 방법이 바로 자기자신에 대한 투자라고 생각한다. 지속적으
로 배움에 투자를 하다보면 자기에 대한 가치도 올라가고 스스로 머릿

속에 쌓이는 지식과 지혜에 보다 풍요로운 인생을 보낼 수 있다고 확신한다.

앞으로 무엇인가 배우고 싶은 게 있다면 당장 자신을 위해 투자하는 습관부터 가져보자. 그것이 자기 인생을 바꿀 수 있는 가장 빠른 지름길이 아닐까 한다.

08

인생의 롱런을 위한 자기관리

나는 인간이 자신의 도덕에 확신을 가져야 한다고 생각한다.
그것으로부터 고통받아야 한다는 단순한 이유로 - G.K 체스터튼

만일 당신이 자신을 조절할 수 없다면
국가도 경영할 수 없을 것이다.-미국 제36대 대통령 린드 B.존슨

현재 대한민국 예능프로그램에서 1인자를 꼽으라면 누구나 다 국민MC 유재석을 꼽을 것이다.

2005년 이후 10년 넘게 다수의 예능프로그램을 이끌면서 그 흔한 슬럼프나 구설수에도 오르지 않는다.게스트에 대한 배려, 상대방을 공감하고 경청하기, 아무리 신인이라도 관심을 갖고 소통하기 등등 그가 정상에 있는 이유는 많다. 그러나 그가 정말로 1인자를 지키고 있는 것은 철저한 자기관리 덕분이라고 알려져 있다.

신동엽, 강호동, 김구라등 그를 위협하는 라이벌들도 전성기는 있었지만 한번씩 부침을 겪고 사건에 휘말려 잠시 방송가를 떠나 있는 경우가 많았으나, 그는 단 한번도 아프거나 불미스러운 일로 방송을

하차한 적이 없다는 것이 더 놀랍다. 여러 주변 지인들의 말을 들어보면 자기관리가 너무 철저해서 그런 일을 아예 차단한다는 것이다.

술은 아예 못 마시는 체질이고, 담배도 야외버라이어티 프로그램에서 달리기를 하는데 숨도 차고 건강을 잃을까봐 담배도 끊었다고 한다. 그리고 체력 보강을 위해서 스케줄이 없는 날은 운동을 규칙적으로 하고 있다. 이렇듯 후배 연예인들은 무슨 수도승도 아니고 방송을 하지 않는 날은 조용히 자기 할 일 아니면 운동을 하는 단순한 일상을 하는 유재석을 보고 배우고 싶지만 저렇게 살고 싶지는 않다고 이구동성으로 이야기한다. 역시 철저한 자기관리가 그를 아직도 오랜 세월동안 예능의 왕으로 군림하고 있는 가장 큰 이유다.

여러 분야에서 일가를 이루거나 성공을 하는 사람들을 보면 자기 생활을 철저하게 관리하는 경우가 많다. 또 대부분이 정확하게 하루에 해야 할 일을 시간대 별로 나누어 그 시간에 꼭 그것을 실천한다. 하지 말아야 할 목록은 미리 만들어 아예 차단하여 자기 생활에 불필요한 것이 들어오지 않도록 한다. 필자도 예전과는 달리 요즘 이런 자기관리의 필요성을 느끼고 있다. 그냥 하루하루 되는대로 꿈과 목표도 없이 살다보니 자기관리라는 것이 사치라고 느꼈다.

그냥 업무에 스트레스를 받으면 술을 마셨다. 술을 많이 마시니 몸도 못 가누고 필름도 가끔 끊기다 보니 다음날 생활은 엉망진창이다.

이런 생활 패턴의 반복이 자주 있으니 주변 사람들은 필자에게 자기관리 좀 잘하라고 조언을 많이 한다. 그 당시엔 놀기 바쁘고 일하고 퇴근하면 술자리로 이어지거나 야근을 하는 날이 대부분이었기 때문에 이렇게 사는 것이 오히려 성공할 수 있다고 믿고 있었기에 자기관리를 한다는 건 언감생심이었다. 결혼하고 나서도 30대 중반까지는 하루 계획은 있었지만 장기적으로 자기관리를 한다는 건 생각도 못했다. 늘 마음 속으로나 머리로는 자기관리를 잘해야 한다고 수없이 다짐했지만, 돌아서면 잊어먹는 나의 성격탓에 꾸준하고 진득하게 자기관리에 대하여 실천해 본적이 없었다.

자기관리라 함은 교육심리학 용어사전에서 그 뜻을 발췌해보면 "자신의 행동을 변화시키려고 행동적 학습원리를 활용하는 것을 말한다. 학습자들이 자신들의 학습에 대한 통제를 하고자 하는 점을 강조한다. 즉 학습자 자신의 행동을 관리하고 자신의 행동을 책임지는 것이 자기관리의 핵심이고. 마지막 단계는 자기강화이다. 이 의미의 자기관리는 외모를 가꾸거나 운동을 하는 것 이외에도 건강한 식습관을 유지한다던가 병을 예방하는 것, 자신이 미래를 설계하고 준비하는 것, 사회적인 배려나 예의를 지키면서 사람간의 관계를 올바르게 맺도록 스스로를 통제하는 것, 자신의 업무를 정확하고 바르게 처리하는 것, 성실한 태도를 유지하는 것을 뜻하기도 한다. 즉 사용자가 자기관리를 선택할 수 있는 범주가 굉장히 다양하다."라고 정의하고 있다.

위 정의대로 실제로 우리가 알고 있는 자기관리는 자기 자신을 사랑하면서 깔끔하게 외모도 가꾸고, 건강한 삶을 지향하며 겸손과 배려로 상대방과 교감을 나누는 등 뻔히 다 알고 있는 사실이다. 그런데 이 자기관리를 며칠 잘 지키다가 작심삼일로 끝나고 꾸준하게 지속되지 못하는 게 가장 큰 문제이다. 나도 지금은 조금씩 변하고 있지만 아직도 갑자기 잡힌 모임에서 회식을 하게되면 가끔 폭음을 하고 취한 적이 있다.

평상시에는 자기 관리를 한다고 인식은 하고 있지만, 간절하게 아직 나를 바꿀 생각이 없다는 생각이 들었다. 자기관리를 잘 하는 것은 규칙적으로 매일 똑같이 지켜야하고, 하루 쯤은 괜찮지라는 예외사항을 두면 되지 않는다. 나는 아직 그렇게 간절하지 않아서 매번 자기관리의 필요성을 느끼고 있지만 매번 실패하고 있다.

필자 판단에 자기관리를 실패하는 이유는 많다고 보지만 가장 큰 이유라고 하면 어김없이 술이라고 대답할 것이다. 앞서 언급했지만 나는 술자리가 좋아서 매일 사람들을 만났다. 그 사람들을 만나고 적당히 끊고 또 들어오면 되는데, 늘 자리를 옮기면서 먹다보면 취하거나 밤을 새워서 다음날 업무나 생활에 지장을 주곤 했다. 즉 나 스스로를 절제를 하지 못하다 보니 자기관리에 실패했던 것이다. 이런 일이 30

대 중반까지는 비일비재했다. 일에 대한 스트레스를 풀기 위해 늘 술이나 유흥에 의지했다. 늘 마음에 불안하니 내 스스로도 생활이든 감정이든 컨트롤이 되지 않아 자기관리는 뒷전이었다.

총각네 야채가게 사업을 이끌고 있는 요즈음 〈꼴통쇼〉 MC로 유명한 이영석 대표이사는 본인이 성공한 이유를 철저한 자기관리에서 온 것이라고 밝히고 있다. 그가 저술한 책《총각네 야채가게》에서 "본인이 생각하는 자기관리의 덕목은 '절제'가 가장 중요하다고 본다. 놀고 싶을 때, 담배 피우고 싶을 때, 술을 마시고 싶을 때 모두 참고 절제해야 한다. 성공에 대한 절실함을 가지고 삶의 순간순간을 철저하게 해야한다. 물론 취미나 인간관계를 무조건 끊으라는 이야기는 아니다. 내가 다른 친구들보다 좀 더 여유로운 삶을 살 수 있는 이유는 단 한가지 밖에 없다. 철저하게 나를 절제했기 때문이다." 라고 평생 갈 수 있는 자기관리에서 제일 필요한 것이 절제라고 생각했다.

사실 아직도 필자는 절제하는 인생에 대해 예전보다 많이 나아지고 있다고 생각한다. 아직도 가끔은 술자리에서 작은 실수를 하고 있지만, 그래도 내 자신을 더 절제하는 생활로 바꾸어 가려고 노력중이다.
스트레스를 받거나 마음이 답답하면 잠깐 나를 멈추고 마음을 비워 보는 시간을 가져보고, 글을 쓰거나 책을 읽으면서 내 마음을 컨트롤

해 보는 연습을 하고 있다. 글을 쓰고 책을 보는 시간이 늘면서 나에 대한 자기관리도 생활이나 마음의 절제를 통해 조금씩 바뀌어 가고 있다.

앞으로는 건강에 대한 자기관리도 강화하여 등산이나 헬스, 축구 같은 운동에도 집중해 볼 생각이다.

지금까지 살면서 여러 책이나 명사들이 성공이나 무엇을 이루기 위해서 또 인생을 풍요롭게 살기 위해서는 자기관리가 중요하다고 역설하고 있다. 대부분의 사람들이 자기관리를 해야 한다고 알고 있지만, 정작 실천을 하지 않다 보니 단지 평범한 인생을 살아가게 된다. 정말 뭔가를 이루고 싶거나 하고 싶은 것이 있다면 철저하게 자기 생활부터 관리하는 것이 그 시작일 것이다. 그 중심에는 절제라는 키워드가 중심이 된다. 감정이나 생활에서도 필요없는 건 버리고 절제하여 자기관리를 꾸준히 하는 것이 중요하다. 그렇게 자기 자신을 절제하여 자기관리를 꾸준히 실행한다면 인생 전체를 가치있고 풍요롭게 보낼 수 있을 것이다.

09

자기 자신을 보듬어 질 수 있는 힐링(위로)

오늘 힘들었지? 세상일이 다 네 마음 같지 않고
얽힌 실타래들이 점점 더 어지럽게 얽혀만 가는 것 같으니 말이야.

누구 하나 네 마음을 몰라주니
지금 가고 있는 곳이 어두운 터널 같을 거야.

울었어? 그래 오늘은 실컷 울어.

가슴에 있는 것들을 모두 쏟아내며 후련해질 때까지 울어 버려.
이렇게 슬픈 날엔 술은 금물이야.

아주 많이 오랫동안 운 다음에는
집에 들어가서 따뜻한 물로 씻고 푹 자렴.
오늘 밤 자고 나면 모든 것이 좋아질 거야.
– 〈살면서 쉬웠던 날은 단하루도 없었다〉 중에서

대학 시절에 나는 경험도 쌓을 겸 내 생활비를 직접 벌어보고자 하여 방학때 아르바이트를 많이 했었다. 패스트푸드점, 식당 서빙, 과외, PC방 관리, 노가다, 인형 탈 쓰고 안내하기등 다양한 분야를 경험하고 돈을 벌었다. 이 중에 특히 길게 했던 아르바이트가 PC방 관리였는데, 군 제대 후 복학하고 나서 방학때

마다 동네에 있는 PC방에서 근무를 하게 되었다.

그 당시 필자보다 5살 연상인 사장님과 2살 아래인 남자 후배와 교대로 근무를 하면서 PC방내 청소, 게임서버 관리 및 컴퓨터 교체, 손님들 음식 치우기등 여느 PC방에서 하는 아르바이트와 같은 일을 했다. 뭐든지 처음에는 일이 서툴러서 버벅거리는 나를 보고 나보다 오래 근무했던 후배가 많이 알려주고 거들어 주었다. 참으로 싹싹하고 붙임성 있던 그 후배와 나는 밤시간에 같이 근무하게 되었다. 어디든 사람들이 붙어 있으면 금방 친해지기 마련이다. 근무전에 같이 저녁 먹고 일이 끝나는 새벽시간에 같이 술 한잔 기울이면서 20대의 우리들은 앞으로 무엇을 해야 할지, 취업은 또 어떻게 해야할지, 어떤 여자를 만나야 연애를 잘 할 수 있을지 등에 많은 이야기를 나누었다.

그때가 2000년 초반이니 지금보다 상황은 조금 더 나았지만, 그래도 20대가 할 수 있는 평범한 고민들을 공유하고, 아르바이트를 하면서 나도 그 후배에게 의지를 많이 했었다. 전문대에서 사회복지를 전공하던 후배는 타인에 대한 배려나 공감지수가 높아서 어느 누구와도 잘 지내고, 일도 싹싹하게 잘하다 보니 사장도 정말 아낀 친구였다. 나중에 매장하나를 맡긴다고 할 정도로 인정받았으니 말이다.

물론 나도 사장이 맘에 들어 하셔서 PC방 지점을 하나 관리하라고 했지만, 그때는 번듯한 직장에 들어가 돈을 버는 것이 맞다고 판단하여 거절했다. 그 후 난 4학년 여름방학을 마치고 본격적인 취업준비를 하기 위해 아르바이트를 그만두었다. 그 후배는 계속 일하면서 학교를 마치면 사회복지 공무원의 꿈을 이루기 위해 노량진으로 간다고 했다. 그렇게 연락이 끊기고 다시 그와 재회를 하게 된건 8년이 지난 어느날이었다. 그를 다시 만난 장소는 장례식장이었다. 살아서 만난 것이 아닌 싸늘하게 주검이 되어 누워있는 한 쓸쓸한 병원 영안실이었다. 야근중에 그의 부음소식을 듣고 한달음에 달려간 길이었다.

오랜만에 받은 전화에 반가워서 받았지만, 깜짝 놀라면서도 허탈했다. 도착하여 그의 영정사진에 향을 피우고 멍하니 바라만 보았다. 아직 그가 죽은 원인을 몰라서 도데체 무슨 일이 있었길래 이렇게 되었을까 하고 혼자 생각에 빠졌다. 거기서 오랜만에 PC방 사장도 만날 수 있었다. 이젠 형님 아우 하는 사이라서 일단 아는 사람이 형님밖에 없어서 그 자리에 가서 인사드리면서 물어보았다.

"일단 죄송합니다. 형님! 취업하고 일이 바쁘다 보니 찾아뵙지도 못했습니다. 오랜만에 뵙는 곳이 이런 곳이라니.. 그런데 사인이 뭔지 몰라서..."

형님께서는 한동안 담배를 피며 말씀이 없다가 조용히 사람 없는 곳으로 따라오라고 하더니 대답해주었다. "자살이라더라. 그렇게 싹싹하고 착했던 그 친구가 얼마나 상처를 받았으면 저런 선택을 했냐?"고 우시면서 그간의 그 후배에 대한 이야기를 들려주었다.

　내가 아르바이트를 그만두고 나서 얼마 후 그 후배도 학교에 복귀하고 자기가 하고 싶었던 사회복지 공부를 계속 하여 졸업 후엔 작은 복지사무소에서 근무를 하게 되었다고 한다. 처음엔 거기서 힘들지만 사람에 대한 봉사도 잘하고 싹싹한 성격으로 일을 잘하여 인정도 받는 찰나에 그가 담당했던 노숙자가 불미스러운 일로 자살을 하게 되어 큰 충격을 받았다고 했다. 그 노숙자를 잘 설득하여 이제 막 새 길로 인도했다는 보람을 느꼈는데, 얼마 지나지 않아 그 노숙자가 폭행에 휘말려 가해자로 몰려 억울함에 그런 선택을 했다고 한다. 뭐 사회생활이라는게 일이 잘될때도 있고, 일이 안될때도 있기도 해서 그 안에서 받는 스트레스는 종종 있을 수 있다.

　그러나 그 후배는 그 사건이 엄청난 충격이었던 것 같다. 자기가 잘못해서 그 노숙자가 그렇게 되었다는 죄책감에 형님을 찾아와 수없이 죽고싶다고 이야기를 했다는 것이다. 형님은 그게 니 탓이 아닌데 왜 자꾸 자책하고 니 자신을 힘들게 하냐라고 야단도 치고 위로도 해주었다고 하는데... 차라리 나에게도 전화해서 하소연이라도 하지라는 생각도 들었다. 그러다 며칠이 지나고 자기 집에서 극단적인 선택을 한 채 발견되었다고 하며 형님은 이야기를 마무리했다. 뒤늦게 알았지만 또다른 원인은 그가 만났던 여자친구와 헤어진 것도 하나라고 했다. 힘든 시기에 여자친구마저 그를 떠났으니 아마 굉장히 그 후배가 힘들어 보였을 것 같다라는 생각이 들었다. 근데 왜 자기 자신을 그렇게 극단으로 몰아갔을까 하는 의구심이 생기기 시작했다. 아무리 힘들어도 저승보다는 이승이 더 좋은데.. 그 노숙자가 죽은 건 그 자신이 택한 인생이고, 그를 떠난 여자친구도 인연이 아니라고 좀 털어버리는 건 어땠을까 하는 생각이 들었다. 자기 자신을 좀 내려놓고 스스로를 보듬어서 치유할 수 있었다면 그리 허망하게 가지는 않았을 텐데.. 내가 판단하기에 여러 상황을 따져 봤을 때 후배는 자기 자신이 힘들 때 스스로 치유하거나 위로하는 방법을 몰랐던 것 같다. 인생을 길게 놓고 봤을 때 이런 일은 정말 빙산의 일각인데, 조금만 자신을 돌아볼 시간과 자신을 사랑하는 마음이 있었다면 이런 선택은 분명 하지 않았을 것이다.

필자도 20대 후반부터 사회생활을 하면서 30대 중반까지는 자기 자신에 대한 사랑, 즉 자존감이 없어서 마음이 괴롭거나 힘들면 그냥 술이나 유흥등에 집착했던 것 같다. 스스로 나를 사랑하지 않으니 나의 정신과 육체건강에 대해서 관심도 없고, 오로지 술과 유흥에 중독되어 늘 고통과 아픔 속에서 헤메고 다녔다. 지금도 가끔은 힘든 일이 있으면 이런 습관이 나오곤 하는데, 정말 이제는 이것은 이별하고 싶다. 주변에 친구, 지인들을 봐도 내 자신을 돌아보는 것이 말로는 하기 쉽지 실천이 어렵다는 것이다.

심리학적으로 이것을 삶의 기쁨과 즐거움등을 완전하게 누리지 못하고 고통과 슬픔, 우울, 아픔 속에서 해메는 것, 즉 '내면아이(우리 인격중 가장 약하고 상처받기 쉬운 부분으로 감정을 우선시하는 직감적인 본능)를 돌보지 않았기 때문이라고 한다. 이것을 해결하기 위해선 자기 자신의 자아와 내면아이의 자연스러운 일치 및 연결이 필요하다고 보고 있다. 자신의 성인자아는 현실세계의 다양한 경험을 통해 축적되는 외부적인 면을 말하는데, 이것이 내면자아와 충돌할 때 자기자신을 사랑하지 않는다고 심리학에서 표현하고 있다.

사회가 계속 급변하고 불안해 지면서 자기 자신의 정체성은 잃어버린채 바쁘게 지내는 경우가 다변사다. 이런 시대에 살아가는 우리들은 물론 나름대로 즐겁게 살려고 하지만, 힘든 일이 있게 되면 무너지는게 한순간인 시대이다. 스스로 돌볼 여유도 없이 먹고 살고 있다. 지금은 하늘나라에 있는 그 후배처럼 자신을 학대한 나머지 그런 선택을 하지 말고, 예전의 필자처럼 술만 먹으면서 자신을 극한으로 몰아가지 마라. 충분히 당신은 사랑받을 수 있는 존재이므로 오늘부터라도 "내 인생은 최고야. 지금까지 잘해왔어. 운이 좋아..." 등등 긍정적인 사고로 힘들더라도 자신을 사랑하고 보듬을 수 있는 자기만의 치유방법을 찾길 바란다.

10

갈림길에서 필요한 선택과 집중

중요한 질문은 "당신이 얼마나 바쁜가?"가 아니다.
"당신이 무엇에 바쁜가?"가 핵심질문이다. ─오프라 원프리

인생은 선택과 집중의 싸움이다.
누구의 선택이 옳았고 누가 더 집중했는지가 승패를 가른다.
우선순위 외의 일은 과감히 포기하라.
이것저것 다 잘하려고 하면 아무것도 잘하지 못한다. ─고야마 노부루

대학 졸업반 시절 동기들과 모이기만
하면 이제 취업을 하여 사회에 나갈지, 대학원에 진학하거나 유학을
떠나서 공부를 계속할지등에 대해 고민하면서 이야기를 나눈다. 다들
앞으로 어떻게 살아야 할지 고민도 하고, 앞으로 펼쳐질 미래에 대해
설레이기도 하면서 저마다 그 갈림길에서 선택하여 하나에 집중하는
모습을 많이 보았다. 그러나 생각도 많고 욕심도 많았던 필자는 여러
개의 대안을 가지고 이것저것에 손을 대다보니 좀처럼 어떤 길로 가야
할지 선택을 하지 못했다. 어떤 직종에 상관없이 취업만 하면 된다고
판단하고, 이거 안되면 저거하면 되지라는 얕팍한 생각만 했다. 그러

다 보니 어떤 거 하나 준비하면서 최상의 결과를 낸 적이 없었다.

처음엔 전공을 살리지 않고 취업 준비를 했다. 공대생이 자기 분야가 아닌 다른 분야를 간다는 건 참 모험적인 일이다. 나는 전공분야가 재미있긴 했지만 적성에 잘 맞지 않는다고 판단했다. 내 몸에 맞지 않은 옷을 입으면 빨리 그 옷을 바꾸던가 아니면 내 몸에 맞혀서 입어야 하는 방법 밖에 없다. 나는 과감하게 전공이 아닌 다른 분야로 나가기 위해 찾아보았지만, 내가 갈 수 있는 다른 분야로의 취업은 제한되어 있어 쉽지가 않았다. 할 수 있는 것이 영업직 빼곤 없었고, 거의 전공을 살려야 할 수 있는 일들이 대부분이었다.

그래서 영업직으로 취업을 생각하여 그래도 대기업 영업직이면 좀 다르지 않을까 싶었다. 여기에 포커스를 맞추어 다른 동기들은 전공에 관한 자격증을 취득하기 위해 공부할 때 나는 컴퓨터 자격증을 준비했다. 동기들은 오로지 전공에 관한 공부에만 하고 있는데 또 영어공부와 컴퓨터 자격증, 영업직에 필요한 상식 등을 공부해야 했다. 물론 전공을 살리지 않고 영업직으로 나가기로 했으니 이런 스펙을 준비하는 것이 이상한 일은 아니었다. 그러나 문제는 이 상황에서도 나는 영어공부와 컴퓨터 자격증 공부, 상식 공부를 한꺼번에 준비하여 신속하게 결과를 내야 한다는 생각에 이거 공부하다 저거 하다가 보니 결국 아

무엇도 잘하는 게 없었다. 그러다 보니 준비되어 있는 것은 없었고, 지원하는 대기업엔 보란 듯이 다 낙방했다. 차라리 어느 하나를 먼저 선택하여 집중해서 처리하고, 그 다음엔 다른 것을 또 집중했어야 하는 걸 알고 뒤늦게 후회했다.

취업이 좀 늦어도 한 가지 목표를 선택하여 집중했던 동기들은 10년이 넘은 지금은 다들 자리를 잘 잡고 살아가고 있다. 우왕좌왕하면서 두 마리 토끼를 잡으려다 다 놓친 나와는 다르게 각자의 위치에서 열심히 살아가고 있다. 취업 준비시 결국 나는 욕심만 컸지 차근차근 하나씩 선택하여 한가지에 집중하지 못해서 이름 있는 회사에 들어가는 건 다 실패하고 말았다. 결국 다시 전공을 살려서 취업을 해야겠다고 마음먹었을 때는 이미 전공을 위한 대비는 전혀 없었다. 그래서 일단 설계회사에 취업하여 일을 배우면서 전공공부를 병행하자고 결론 내고 준비하여 들어가게 되었다. 그러나, 먼저 들어와 이미 전공지식과 자격증을 갖춘 동기들과 전공만 같지 아무것도 없는 나와는 업무처리나 업무에 임하는 태도는 천지차이였다. 그들을 쫓아가기 위해서 결국 나도 업무를 하는 동안에는 내 업무공부만 선택하여 집중적으로 해야겠다고 마음먹고 노력을 하기 시작했다. 그렇게 2~3년이 지나고 나서야 겨우 동기들을 따라잡을 수 있었다.

그 뒤로도 나의 이런 선택과 집중을 해야 할 방식은 쉽게 고쳐지지 않았다.

원래 성격이 이것저것 관심도 많고 여기저기 사람들을 만나는 걸 좋아하다 보니 정작 내가 무엇인가를 이루려고 목표를 정해놓고 시작해도 꼭 끝이 흐지부지해진다. 일단 목표를 정해놓으면 그것에 대해 간절함을 가지고 될 때까지 과감하게 정리할 건 정리하고 한곳에만 집중을 해야 하는데, 그렇게 하질 못했다. 대학졸업반때 누구나 따는 업무자격증을 이제야 따게 된 것도 이런 이유 중의 하나였다. 매번 시험 접수를 하고 이번 회차에는 꼭 자격증을 취득하겠다는 마음을 먹고 처음 일주일은 그래도 꾸준히 조금씩 공부를 했다. 그러나 일이 바쁘고 다른 일도 봐야하고 지인들과 술자리도 가져야 하는 등 이런저런 핑계를 대면서 내 신변정리를 제대로 하지 못했다. 시간은 정해져 있고 이번 만큼은 간절하게 이 목표를 이루기 위해서 적어도 시험 볼때까진 이런 사생활은 포기하고 공부에 우선순위를 두었어야 했는데 또 그렇게 못했다. 결국 이 자격증을 취득할 때까지 12년이 걸렸다. 기술사도 아닌 기본 자격증인데 말이다.

그 후 첫 개인저서를 쓰고자 마음먹고 난 후는 업무시간이나 집안일, 육아등이 아닌 시간에 오로지 원고 쓰는데만 집중했다. 예전의 나였으면 원고쓰다가 중간에 다른 티비를 보고, 이것저것 하다가 포기했을지 모른다. 그러나 이 책만큼은 꼭 내어보고 싶었기 때문에 강력한 동기부여가 되어 미친 듯이 두달 동안 시간날 때마다 원고쓰는 데 시간 투자를 했다.

그 때가 2015년 여름이다. 더운 여름에 퇴근 후나 아침 새벽시간을 활용하여 초고를 쓰면서 선택과 집중을 해야 무엇이든 되겠구나 라는 것을 직접 뼈저리게 느꼈다. 이후 두달 만에 초고를 완성하고 나선 무엇이든 우선순위를 정해서 자기가 정말 간절하게 원하는 것이라면 선택과 집중이 필요하다고 생각되었다.

이 세상을 살아가는 인간에게는 24시간 하루, 하루 7일이 모여 일주일이 되듯이 시간은 유한한다.

따라서 이 유한한 시간속에서 뭔가 특별하게 달성할 목표가 있다면 필연적으로 선택을 하고 집중을 해야 한다. 그에 따른 포기할 사항도 필요하지만, 포기는 또다른 기회 일 수 있으니 먼저 선택한 것에 집중을 하여 잘 되는 것이 맞다고 본다. 여러분도 지금까지 그냥 평범하게 살거나 아무것도 이루어진 게 없다고 생각하면 본인이 정말 하고 싶은 일을 생각해보고, 어떤 것에 선택을 하고 집중하는 것이 좋고 옳은지 고민해보라.

이후 첫 책을 내고 나서 달라진 게 있다면 이제 무언가를 하고 싶은

게 있으면 일단 그게 지금 당장해야 하는 건지 아니면 좀 미루어 정말 해야 하는게 맞는지 판단을 해보게 되었다. 업무 자격증도 첫 책이 나오고 난 다음에 이번엔 꼭 따야겠다고 다짐을 하고 열심히 따라갔다. 결국 손에 쥐게 되었다. 선택을 하고 집중을 하게 되면 자기 마음도 심플해진다. 이유는 쓸데없는 걱정이나 일에 대해서 전혀 관여를 하지 않으니 말이다. 일단 어느 것에 선택을 했다면 마음을 비우고 그 선택한 대상이나 일에 대해서만 집중을 해보자. 그러면 심플한 인생을 살수 있고, 후회하더라도 선택한 것에 대해 충분히 경험할 수 있는 이유다. 어떤 것을 선택하여 어떻게 할 것인지 늘 인식하면서 바라는 걸 한다면 추후 선택을 하더라도 그때 지나간 선택이 큰 후회는 되지 않을 것이다.

11

우공이산의 정신

우공이 산을 옮긴다는 말로 남이 보기엔 어리석은 일처럼 보이지만
한가지 일을 끝까지 밀고 나가면
언젠가는 목적을 달성할 있다는 의미를 담고 있다. –우공이산(愚公移山)

      예전 중국의 북산에 우공이라는 나이 든 노인이 태행산과 왕옥산 사이에서 살고 있었다.

이 산은 사방이 약 700리로 높이가 만 길이나 되는 큰 산으로 북쪽이 가로막혀 사람들이 통행하기에 참 불편했다. 이 점에 대해 고민하던 우공은 가족을 모아놓고 회의를 소집했다.

"가로막고 있는 저 험한 산을 평평하게 하여 길을 내려고 한다. 너희들 생각은 어떠하냐?"고 물어보았다. "당신의 힘으로 작은 언덕 하나도 파헤치기 힘든데 어찌 이 큰 산을 깎아서 어떻게 내리고 옮기시려 하시는지요? 또 파낸 흙은 어찌하시려고?"라고 그의 아내가 반대하였다.

하지만 우공은 아내의 반대에도 무릅쓰고 세 아들과 손자들을 다

동원하여 돌을 깨고 흙을 파서 작은 삼태기등으로 옮기기 시작했다. 주위 사람들이 저건 미친 짓이라고 비웃었지만 우공은 "내가 늙어서 얼마 하진 못하겠지만, 내가 죽으면 아들이 옮길거고, 또 그 아들의 아들이 옮길거고... 결국 이렇게 자자손손 이어지면 언젠가는 반드시 저 산을 끝까지 옮겨서 평평해 질 날이 올 겁니다."라고 계속 옮겼다. 이러다가 두 산을 지키는 사신이 자신들의 거처가 없어질 거 같은 분위기라 천제에게 호소하자, 오히려 천제는 우공의 일관성과 우직함에 감동하여 역신 두 자식에게 명하여 두 산을 다른 곳으로 옮겨 놓게 했다고 한다. 위 우공이산의 사자성어가 나온 유래이다. 뭐든지 조금씩 우직하게 시간을 두고 하다 보면 언젠가는 큰 성과를 거둔다는 의미를 담고 있다.

지금까지 살면서 돌아보면 필자는 이 우공이산의 정신으로 무엇을 조금씩 해서 성과를 내 본 기억이 한 두 개를 빼곤 거의 없었다. 학창 시절에도 시험을 볼때도 꼭 눈 앞에 닥쳐야 공부를 했었다. 공부나 취미등 무엇인가를 하고 싶거나 새로운 분야에 호기심은 많아 이것저것 찾아보고 준비는 해서 처음 시작은 꼭 좋았다. 그리고 일주일에서 10일 정도는 그래도 재미가 있어 정해놓은 시간에 실행하곤 했다.

그러다가 간절함이 없거나 동기부여가 점점 약해지고, 무엇보다도 끈기가 부족하여 꼭 중간에 포기하거나 끝이 흐지부지했다. 어떤 시험이나 자격증을 따기 위해 준비하다가도 일이 바쁘거나 사람을 만나는 등 할건 다하면서 핑계를 대어 구실을 만들어 하는 둥 마는 둥 하다 보니 다 실패하였다. 그러다가 정신차리고 지난번처럼 하지 말아야지 하다가도 또 똑같아지는 나를 보고 있다.

　어릴 때부터 근성이 부족하고 의지가 약하다는 소리를 많이 들었다. 나는 그게 내 천성이라고 믿고 무엇을 한 번 시도해보고 잘 안되면 금새 포기했다. 초등학교 시절 구름사다리라는 놀이기구를 팔 힘으로 왼쪽에서 오른쪽으로 옮겨가는 운동이 있었는데, 특히 나는 이것에 대한 공포감이 상당히 심했다. 태어날 때부터 팔 힘도 약하고 손에 아귀힘도 없다고 생각하여 매달려서 한 칸도 못 옮기고, 떨어졌다. 선생님은 처음부터 잘 하는 사람은 없으니 다시 매달려서 하나씩 하나씩 옮겨가면 끝까지 갈 수 있다고 격려해 주셨지만, 나는 결국 몇 번 하다가 안되니 포기하고 도망가 버렸다.

　나와 비슷했던 한 친구가 있었다. 그 친구는 나보다 더 심했다. 아예 매달리는 것 조차 무서워하다 보니 옮기는 것은 그 다음에 고민해야 할 문제였다. 그러나 며칠 후 그 친구는 완벽할 정도는 아니지만 구름사다리 이동에 성공했다. 친구들도 모두 깜짝 놀랐다. 어떻게 된건지 한번 그 친구에게 물어보았다. 그 친구는 "방과 후나 아침 일찍 사람 없을 때 등교하여 일단 매달리는 연습부터 해 보았어. 근데 팔 힘이 없다 보니 자꾸 떨어지니 화가 나서 아빠한테 팔 힘을 강하게 하는 방법을 물어봤는데, 팔굽혀펴기를 조금씩 매일 해보라고 했다. 그래서 일어나자마자 집에서 팔굽혀펴기 몇 개를 하고나서 매달리니까 조금 오래 버틸 수 있었어. 그리고 나서 하나하나 옮기는 연습을 했는데, 처음에 2개 그 다음날 3개 하다가 잘 안됐어. 잘하는 친구들이 하는 요령을 좀 보기 시작했어. 조금씩 따라해보니 힘으로 하는 게 아니라는 걸 조금씩 알고 해보니까 지금까지 오게 됐네."이렇게 말하면서 웃었다. 나는 그 말을 듣고 그 친구가 정말 대단하다고 느꼈다. 내 자신이 부끄러웠다. 우공이산의 정신대로 조금씩 자기만의 방식으로 노력을 하다 보니 끝내 해낸 것이다. 그러나 그때까지만 해도 나는 당연히 팔에 힘이 없어서 그냥 못하는 걸로 단정짓고 포기해버렸다. 졸업할 때까지 구름사다리에서 노는 친구들을 보기만 하면서 부러워만 했다.

중고등학교 시절 한창 했던 비디오 게임도 그랬다. 한창 재미있게 하는 롤플레잉 게임이나 시뮬레이션 게임의 경우 게임 끝으로 갈수록 난이도가 점점 어려워진다. 역시 나는 그 스테이지를 몇 번 진행하다가 막히면 그냥 포기해 버렸다. 당연히 그 어려운 스테이지를 깨야 스토리 진행도 되고, 감격의 엔딩장면을 볼 수 있는데 말이다. 같이 진행했던 친구가 전화가 왔다.

"나 어제 밤새서 그 스테이지 겨우 깼어. 그리고 이제 곧 마지막 스테이지로 간다. 넌 어떻게 되었니?" 그 질문에 거짓말을 한다. 스테이지 통과도 하지 못했는데, 통과했다고 말해버린다. 통화가 끝난 다음 그래도 다시 도전해본다. 조금만 해 보다가 또 포기한다. 우직하게 어려워도 하나씩 하나씩 전진하면서 전략대로 해보면 곧 깰 수 있을 거 같은데, 그게 안된다.

다시 친구에게 전화를 해서 사실대로 못 깼다고 이야기하고, 어떻게 해결했는지 솔직하게 물어봤다. "이번 스테이지 핵심은 보스만 유인해서 그 보스만을 공략하면 되. 물론 우리 편의 손해도 감수해야겠지만.. 다시 한번 잘 해봐!"라고 대답을 들었다. 다시 스테이지 공략에 나선다. 친구 말대로 하나씩 하나씩 우리 편 동료들을 이용하여 적의 보스만 노렸다. 양 쪽 피해가 커지고 있지만 결국은 그 스테이지를 오랜 시간 끝에 공략하고 말았다. 나중에 들은 이야기지만 그 친구는 그 스테이지 공략을 위해 실패하고 다시 한 횟수가 50회 정도 였다고 한다. 난 3~4회 하고 포기했으니 더 이상 할 말이 없었다.

현재 근무하고 있는 회사에서 같이 일하고 있는 후배가 하나 있다. 나는 사회생활을 시작하고 나서 여러 번의 이직으로 이 회사에 오게 되었고, 이 후배는 내가 들어올 때 신입사원으로 들어온 친구였다. 8년이 지난 지금은 과장 직급으로 혼자서 프로젝트를 수행하며 팀원 관리도 하는 아주 멋진 후배다. 더 멋진건 한 회사에서 8년간 좋을 때나 어려울 때도 포기하지 않고 꾸준하게 근무를 했다는 점이다. 물론 대부분의 사람들이 한 회사에서 들어가서 정년퇴직 또는 예기치 않은 권고사직으로 회사를 떠날 때까지 한 곳에 근무하는 것이 당연하다. 그렇지만 나는 그렇질 못했다. 13년 사회생활을 하면서 7군데 회사를 옮겨서 지금까지 이어오고 있다. 어릴때부터 무엇을 하다가 힘들거나 어려운 문제에 부딪히면 그냥 포기하는 습관이 아직 남아있다보니 그런 결과가 나왔던 것 같다. 물론 임금체불이나 기타 여러 사유가 있었지만, 우공이산의 정신이 부족하여 선택한 결과도 무시못할 것이다. 어느 회식때 그 후배가 나에게 해준 이야기였다.

"형님, 지금까지 제가 여기까지 온건 사실 다른 데 옮기면 더 적응이 안될 것 같았고, 익숙한 곳에서 근무하는 것이 편하다는 생각이 제일 컸습니다. 그런 생각을 하면서 근무하다 보니 시간이 벌써 이렇게 지났네요. 매일매일 근무하면서 하루에 힘든 순간이 20번 있어도 한번 웃을 일이 있으면 그걸로 족하다고 생각하여 지금까지 조금씩 버티어 왔던 것 같습니다. 매일 조금씩 해오다 보니 여기까지 왔어요!"라고 술을 마시면서 진지하게 해 준 이야기였다. 그 이야기를 듣고 참 뭐라할 말이 없었다. 정말 나에게는 충격적이고 멋진 조언같은 말이었다.

필자가 우공이산처럼 우직하게 해냈던 일은 첫 책 초고를 쓸때였다. 다른 일은 포기가 빨랐지만, 초고를 완성하기 위해 마감날짜를 정하고 일주일 단위로 하루 단위로 조금씩 썼다는 점이다. 그리고 두달

만에 완성을 시켰는데, 초고를 다 썼던 그날은 정말 나 스스로도 대견하다고 생각했다. 앞으로는 무엇을 하든 우공이산(愚公移山)의 정신으로 무엇이든 꾸준히 해 볼 생각이다. 이제 회사도 더 이상 옮기지 않고 쫓겨날때까지 한 곳에서, 책을 읽거나 글을 쓰는 작업도 우직하게 하루하루 조금씩 우공이 산을 옮겼던 것처럼 그렇게 나아가려고 한다.

지금까지 살면서 공부를 잘하고 머리가 좋은 사람이 사회에 나와서 잘 되는 경우도 더러 있지만. 그보다도 더 성공한 사람들을 보면 미련할 정도로 우직하게 작지만 끝까지 한 길을 파고 꾸준히 노력하는 사람이 더 많다는 것이다. 지금이라도 작지만 쉬지 않고 무엇인가를 조금씩 수행한다면 추후 꼭 큰 성과를 가져올테니 우공이산의 정신으로 한번 바꿔보는 것은 어떨까?

Chapter

05

나는 오늘도
다시 일어선다

"한걸음 한걸음 가다보면"

여러분이 원하는 종착지에
도착해 있을 것이다. 물론 한번에 갈 수도 있고,
몇번의 실패로 돌아갈 수도 있을 것이니
좌절하지 말고, 좀 더 가다보면
반드시 성공의 길이 보일 것이다.

01

실패보다 귀한 재산은 없다

미래를 두려워하고 실패를 두려워하는 사람은 자기 스스로 손발을
묶어 놓은 것과 똑같다. 실패를 두려워하지 마라.
실패란 이전보다 훨씬 풍부한 지식으로 다시 일을 시작하게 만드는 기회의
또다른 이름일 뿐이다. -헨리포드

고등학교를 졸업한지가 벌써 지금으로
부터 20여년이 넘었다. 어릴때부터 주위에서 보기에도 모범생이라고
불릴 정도로 공부를 곧잘 했던 필자는 늘 집안에서 판사나 의사가 될
팔자니 더더욱 열심히 해야 한다는 말을 들었다. 물론 지금도 공부는
잘하면 좋지만, 부모님이나 친척들 기대에 더 부응하고 나도 어린마음
에 훌륭한 사람이 되어야 한다는 생각에 공부를 열심히 했다. 초등학교
를 다니면서 6학년때 서울로 전학가서도 왕따를 당하면서도 극복할
수 있었던 건 그학교에서 시험을 보고 반 1등을 하니까 친구들의 시선
이 달라졌기 때문이다. 그후 중·고등학교 때도 줄곧 상위권을 놓치지
않으면서 앞으로 이대로만 하면 소위 말하는 SKY대학은 갈 수 있겠
다라는 내심 자신감도 생기게 되었다.

그러나 1994년부터 대학입시가 그전 암기 위주의 학력고사에서 창의력과 응용을 위주로 한 대학수학능력시험이 도입되었다. 사실 나는 외우는 과목은 자신이 있었지만 그것을 응용하는 능력은 참 부족해서 수능시험은 모의고사를 볼 때마다 늘 어렵게 느껴졌다. 그러다보니 내신은 상위권 이었지만, 수능시험 모의고사는 항상 중위권에 머물렀다. 이러다간 목표로 하는 명문대학은 진학하지 못하는 게 당연했고, 서울에 있는 다른 상위권 대학도 간당간당했다. 고등학교 2학년 2학기 가을부터 수능시험 점수를 올리기 위해 수능시험 모의고사에 강했던 친구가 다니는 학원에 등록하여 열심히 공부했다.

대학수학능력시험은 통합 교과서적 소재를 바탕으로 사고력과 응용력을 측정하는 문제가 출제되는데, 필자는 이런 유형에 원래 익숙치 못했다. 어릴 때도 교과서에 나오는 내용을 가지고 외워서 맞추는 시험은 잘 보았지만, 수학경시대회와 같이 사고를 요하는 문제는 늘 허둥지둥했다. 선천적으로 수학이나 물리와 같은 생각하는 학문에 약하다 보니 수능시험도 부단히 사고를 키우기 노력했지만, 결국 생각만큼 늘진 못했다. 그래도 꼭 가고 싶은 대학이 있어서 진짜 수능시험 전 마지막 모의고사에서 결국 원하는 대학에 진학이 가능한 점수를 만들 수 있었다.

그러나 필자가 치뤘던 1997년 대학수학능력시험 본 시험은 200점에서 400점으로 처음으로 바뀌고, 지금까지 치러졌던 시험 중 가장 어려운 난이도로 꼽혔다. 400점 만점중 165점 이상이면 전국의 4년제 대학을 갈 수 있었다. 그 다음해 치러진 수능시험 중 400점 만점중 250점 이상이 되어야 갈 수 있었으니 정말 극강의 난이도를 자랑할 만했다. 최선을 다해서 시험을 봤지만 점수는 생각보다 나오지 않았다. 지금까지 학교시험을 잘 못 보더라도 며칠 의기소침하고 툴툴 털어버리면 그만이었지만, 이 시험은 나의 인생이 걸린 문제다 보니 앞으로 어떻게 해야 할지 막막해서 스스로는 큰 실패라 여겼다.

아버지는 하나밖에 없는 아들이 명문대에 못간걸 실패라 여기시고, 재수를 해서 다시 해보자고 계속 권유하셨다. 재수는 하기 싫어 점수에 맞는 학과로 선택을 하고, 아버지께는 지금 전공학과에 진학하면 학비나 대신 내달라고 큰 소리 치고는 더 이상 이야기를 하지 않았다. 결국 지금 전공한 대학과 학과에 들어가서 공부를 계속 하게 되었고, 아버지는 편입 공부를 해서 다시 명문대에 들어가라고 계속 말씀하셨다. 계속되는 성화에 질린 나는 대학생활 내내 아버지와 최소한 할말을 제외하곤 많은 대화를 하지 않았다. 이런 집안 환경이 적응하기 힘들었지만, 대학에 들어가 계속 공부하면서 선배나 동기들과 이야기하다 보니 나만 그런 것이 아니구나 라고 알게 되었다. 정말 비슷한 사연을 가진 사람들이 꽤 많았다. 딱 하루치는 수능시험 으로 12년을 준비한 공부의 결과가 결정되는 거 자체가 너무 억울하다는 사람들이 많았다는 이야기다.

특히 1997년 가을에 대기업에 취업이 예정되었던 선배님이 그 당시 나에게 해 주었던 말이 기억난다.

"나는 학력고사를 보고 학교에 들어왔어. 나도 고향에서 고등학교 다닐 때 수재라는 이야기를 들었다. 그런데 본 시험을 망쳐서 우리 학교에 들어오게 됐지. 난 돈이 없어서 재수할 생각을 못했고 일단 우리 과에 입학하여 다시 공부하여 편입하려고 시도도 해 봤어. 군대가서 다시 대입시험 보려고 준비도 해보고..그런데 다 실패했어. 제대하고 복학하니까 그냥 우리과 공부를 열심히 해 봐야겠다고 생각했어. 그러다 보니 이렇게 좋은 기업에 들어가게 되었네. 명문대에 가려고 기를 쓰고 해봐야 실패했다고 생각했는데, 오히려 그게 나한테는 실패를 해 봤으니 내 자신도 알게 되고 다른 길도 찾을 수 있는 방안도 찾았으니 더 귀중한 자산이 된거 같아. 너도 그렇게 생각해보고 그동안 실패했던 이유를 잘 찾아보고 어떤 길이 너한테 잘 맞는지 함 찾아봐." 이 말을 들은 나는 뭔가 뭉클했다. 스스로 입시를 실패했다고 생각하니 학교생활에도 집중하지 못하고, 다시 시험을 치러야겠다고만 판단했다. 사실 다시 생각해 보면 실패한 것도 아니었는데 말이다. 다시 힘을 내서 현재 전공공부에도 집중을 하다보면 더 좋은 길이 나올 거라고 판단했다. 지금에 와서 돌아보니 그 당시에 시험을 망치고 그 결과로 인한 아버지와의 갈등이 오히려 귀한 자산이 되었다. 입시를 실패했다고 생각은 이제 접고 지금 다니는 학교생활에 충실하게 임하게 된 계기가 되었다.

　대학 졸업 후 작은 설계회사에 취직하고 나서 지금까지 남들과는 다르게 한 직장에서 저니맨(프로스포츠 용어, 해마다 혹은 자주 팀을 옮기는 선수를 비유적으로 이르는 말)처럼 계속 머무르지 못하고 여러번 이직했다. 임금체불이든 나의 의지로 사직하든 어떤 이유를 불문하고 이직하는 거 자체를 실패라고 생각했다. 내가 그 회사 시스템에 적응을 못하거나 부당한 게 있어서 참지 못하고 사직한 적도 많다 보니 그런 생각이 들었다. 회사여건이 좋아서 버티기도 했지만, 임금이 몇 개월 체불되니 미련없이 사표를 낸 적도 있었다. 나는 이런 잦은 이직이 실패라고 생각했다. 남들은 소개로 들어가든지 자기가 준비를 잘 해서 좋은 회사에 척척 잘 들어가는데, 왜 나만 계속 이런 상황이 반복이 되는 것인지 절망했다.

　사실 2016년에도 자의반 타의반으로 또 두번의 이직이 있었다. 그러나 옮긴 직장에서 그 회사에서 10년넘게 근무하신 한 선배가 술자리에서 나를 부러워한다며 그 이유를 들어보았다.

　"한 회사에서 정년까지 오래 다닐 수 있다면 그것만큼 좋은 것은 없지. 그러나 아니다 싶은 회사에서 오래 버틴다고 능사는 아냐. 나온다고 해서 그게 다 실패라고 볼 순 없지. 당장 나오는게 실패라고 볼수 있지만 장기적으로 네 인생을 볼 때 새로운 환경에서도 한번 적응해봐야 잘한다고 소릴 듣는거지. 한 회사에서 오래 있다는 건 그만큼 환경이 편하고 새로운 것에 도전 하는 것이 두렵다는 걸 반증하기도 하는 거다... 너처럼 많이 옮기는 것도 분명 문제는 있지만 그에 따른 장점도 있을거야. 새로운 환경에 잘 적응하고 너만의 스타일로 일을 잘 수행한다면 문제 없는 거니까. 또 같은 직종 내에서 이직을 했다면 경력관리도 일단 잘된 편이지만, 너무 짧게 움직이는 건 좋지 않지." 그 말을 듣고 나서 잦은 이직이 실패인건 분명 맞지만, 다른 시각으로 봐선 그것도 나에게 귀중한 경험이었기에 후일 이직을 하려는 사람들에게도 이야기할 수 있는 내용은 있을 거라 본다.

실패가 나에게 오는 행운이 될지 불행이 될지는 그것을 대하는 나의 마음가짐에 달려있다고 본다.

몇 번이고 실패하더라도 그 결과를 받아들이면서 직시하고 이것을 기회로 삼아 다시 도약할 수 있다면 이것만큼 큰 경험이나 자산은 없다고 생각한다.

2015년 노벨생리학상을 받은 일본 오무라 사토시 교수는 현지 과학계에서 주류대접을 받지 못하고 수많은 실패를 거듭하고도 그것을 자기의 귀한 경험으로 삼아 결국 연구를 성공시켰다. 오무라 교수는 야간고 교사를 지내다 우연치 않은 기회에 공부를 더 하고 싶다는 결심을 했다. 이후 주경야독으로 낮에는 대학원 강의를 듣고 밤에는 학생을 가르치는 일을 하며 과학자의 길로 들어섰다.

과학자가 된 후로는 연구원과 늘 작은 비닐봉지와 숟가락을 들고 다니며 평상시 출퇴근할 때, 먼 출장 갈 때마다 흙을 퍼내어 채취후 미생물을 연구했다. 이런 노력으로 약이 되는 화학물질을 발견하기 위해 수십차례 실패 끝에 농약으로 활용되는 화학물질을 26가지나 발견하였다. 그는 노벨상 수상소감으로 젊은이들을 향해 "젊었을 때는 실패를 반복하면서 하고 싶은 것을 하라. 그게 다 나중에 자기에 귀중한 자산이 될 것이다. 나는 다른 사람들보다 3배나 더 실패를 많이 했다"고 많은 실패가 결국 자기에겐 귀중한 경험이 된다라고 역설하고 있다. 지금 하는 일이 잘 되지 않거나 계속 실패한다고 생각이 된다면 그것은 잘 가고 있다고 보면 된다. 거듭된 실패가 자기에게 큰 경험과 자산이 되어 결국엔 작은 성과라도 만들 수 있기 때문이다. 실패한다고 너무 크게 상심하지 말고, 조금씩 내 자산을 만들어 간다고 생각하는 발상의 전환이 필요하다.

02

성공보단 성장이 우선이다.

바보는 늘 같은 실수를 되풀이하는 반면 똑똑한 사람은 늘 다른 실수를 한다. -헤밍웨이

니는 성공보다 성장이라는 말을 더 좋아한다.
성공은 뒤에 실패가 기다리고 있지만 성장은 끝이 없다.
-박상영(리우 올림픽 펜싱 금메달리스트)

　　　　　　　몇 년전부터 회사생활을 하면서 아침 일찍 성공한 사람들의 명언이나 좋은 글을 메일로 받아서 출근하자마자 제일 먼저 그 명언들을 보고 하루를 시작한다. 그 중에서 가장 유명한 곳이 조영탁 대표가 운영하는 휴넷이라는 곳에서 보내는 〈조영탁의 행복한 경영이야기〉다. 일이 잘 되지 않고 한창 성공하고 싶다는 마음만 가득할 때 여기서 보낸 생각이 달라지게 한 문구가 있다.

위에 박상영 펜싱 국가대표 선수가 인터뷰때 한 말이다. 약 2~3년까지만 해도 무엇을 해서 노력하여 성공하면 인생이 확 변화할 줄 알았다. 그런데 성공이란 것이 한번에 확 되면 좋지만 인생이란 것이 한번에 성공하는 적은 없다. 몇 번이고 작은 실패도 있고, 작은 성공도 하고 그것이 반복되어 모이다 보면 큰 성공이 되는 것이다. 그 작은 실

패나 작은 성공에서 조금씩 나아가면서 성장하고 있다는 것이 중요하다는 이야기다.

또 여기에서 인용된 이야기는 "스탠포드 대학 캐럴 드웨그 교수는 30년 끝에 사람은 타고난 재능, 적성과는 관계없이 노력과 경험으로 자신의 능력치를 확장할 수 있다고 믿는 '성장 마인드'를 지닌 쪽이 실제로 발전한다고 밝혀냈습니다. 성장 마인드 세트를 가지고 있는 사람은 넘어져도 부끄러워하지 않고 다시 일어나 걷는 어린아이와 같습니다. 이들에게 실수나 곤경은 성장의 발판이 됩니다."라고 성공보다 성장이 중요하다는 이야기를 하고 있다.

시골에서 서울로 유학하여 혼자 상경하여 힘들게 생활을 하셨던 아버지가 어릴 때 나에게 늘 하셨던 말씀은 성공해야 한다는 것이었다. 힘들게 타지에서 생활하면서 대기업을 다니시면서 남들이 봐도 성공한 케이스로 보이는데 본인의 성에 차지는 않으신 것 같았다. 아버지가 못 이룬 것을 내가 해주기를 바라는 심정으로 무조건 너는 성공해야 하니 공부 열심히 해야한다 라는 말씀을 자주 하셨다.

그걸 계속 듣고 자란 나는 과정이야 어떻든 간에 시험도 공부를 벼락치기 또는 꾸준히 하던지 결과가 중요했다. 무조건 반에서 상위권에 들어야 했다. 아버지가 강압적이지 않았지만 초등학교 시절부터 공부를 잘하다 보니 기대를 많이 하셨다. 매일 서울대에 가야 한다고 친척들에게 이야기를 하시고, 친척들도 유일한 도시에 가 있는 아버지 자식이 잘 되길 바라는 마음에 명절때나 내려가면 "공부는 잘하고 있나? 무조건 서울대에 가야 한다. 알았나?"라는 이야기만 듣고 온 날도 많았다.

그러다가 진짜 나중에 서울대에 못 들어가면 어떡해야 하지 할 정도로 스트레스만 쌓이고, 우울증까지 오게 되었다.

'내가 무엇을 위해서 이렇게 공부를 해야 하는 거지? 다 나 잘되라고 하는 이야기인데..'

'아니야, 이렇게까지 열심히 해서 과연 내가 무엇을 얻는 걸까? 서울대에만 가면 무조건 성공한 것일까? 또 거기에 가서도 계속 성적이 잘 나와야 한다. 졸업하면 좋은 직장에 가야 하지 않겠냐? 라고 계속 어른들이 그러실텐데...'

이런 생각만 계속 반복하다 보니 사춘기를 거쳐 고등학교 시절엔 공부는 하지만 예전처럼 즐겁게 하는 게 아니라 오로지 성공만을 위해 아무런 감흥도 없이 책만 보곤 했다. 당연히 성적은 더 떨어졌다. 무엇을 위해 하는 공부인지 정체성까지 잃어버렸다. 결국 오로지 대학입시에서 명문대 입학만을 위해 공부에 매진했다. 그때까진 과정을 거쳐서 조금씩 나아지고 있다는 느낌은 전혀 몰랐다. 지나고 나니 그래도 매일 공부를 하면서 노력하고 쌓여가는 것이 결과로 가는 과정이었다는 것을 알게 된 것이다. 과정을 즐길 줄 알았다면 매일매일 조금씩 나아지고 있다는 기쁨을 알았을 텐데.. 그때는 왜 그렇게 결과와 성공에만 목매달면서 공부를 했는지 모르겠다. 그러니까 당연히 성적이 안 좋으면 죽고 싶다는 생각까지 했으니까 말이다.

비단 필자만 겪었던 일은 아닐 것이다. 성공지상주의를 지향하고 한번 실패도 용납하지 않는 우리 한국사회가 낳은 병폐 중 하나일 것이다. 수능시험이 끝나고 성적이 좋지 않아 비관하여 자기 몸을 던지는 고등학생이 많은 것만 봐도 알 수 있다. 모두가 좋은 성적만을 위해서만 관심을 갖다 보니 자기가 그동안 해왔던 과정에서 얼마나 성장했는지 모르고, 결과가 좋지 않을때 자기는 이제 끝이라고 생각하니 그런 결과가 나오는 것이다.

과연 성공은 무엇일까?
사전적 의미로는 "목적하는 바를 이룸"이란 뜻이다. 통속적으로 알고 있는 건 사회적으로 부와, 명예, 지위등을 얻었을 때 타인이 보는 성공이라고 본다. 물론 부와 명예, 지위를 얻는 건 당연히 개인적으로 좋은 일일 것이다. 하지만 우리나라에서 자기가 노력하여 조금씩 성장하여 성공에 이르는 사람은 인구대비로 볼 때 극소수에 해당한다. 성공의 의미가 좀 퇴색되는 부분이 원래 잘 사는 집에서 태어나 물려받은 유산이 많아서 부를 축척 한다던가등 자기의 노력 없이 무엇인가를 이뤘을 때가 아닌가 싶다.

기회, 운, 자기의 노력으로 성공을 이루는 것은 정말 제일 잘된 예라고 볼 수 있으나, 대부분 그렇게 되는게 쉽지 않다. 쉽지 않지만 그래도 자기가 열심히 노력하여 몇 번을 실패하더라도 조금씩 과정을 거쳐 나아지는 게 성장이라고 볼 수 있다. 성장을 하면서 자기가 가진 생각과 경험이 쌓여 풍부해지고, 실패를 겪고 나서인지 의지와 마음은 더욱 견고해진다. 이렇게 성장을 통하여 조금씩 성공을 향해 나아가는 것이 가장 바람직한 방법일 것이다.

사회생활을 시작하고 나서 사원 시절은 시키는 것만 제대로 해도 괜찮다고 하여 상사가 시키는 것만 시간이 걸려도 그것만 했다. 그렇게 2~3년 지나다보니 시키는 것만 해선 배울 수 없다는 생각에 시키는 업무에 내가 어떻게 하면 더 향상시킬 수 있을까라는 고민을 매일매일 조금씩 했다. 그러자 우리 일이 어떻게 흘러가는지 보이기 시작했고, 위의 상사도 조금씩 자기가 하던 일을 내려주기 시작했다. 이렇듯 매일매일 조금씩 업무에 관한 책을 찾아보고 시간이 지나면서 업무도 성장하는 단계가 되었다.

첫 번째 책을 쓸때도 처음에는 잘 써지지 않지만 매일매일 조금씩 쓰다보니 한권의 초고가 완성되고, 탈고를 거치며 원고도 성장을 거치면서 한권의 책이 나오게 된다.

필자는 이 두가지 경험을 통해서 예전에 오로지 명문대를 가야 한다는 성공만 알았던 시절은 잊어버리고, 조금씩 성장하면서 뭔가를 이뤄간다는 기쁨을 알게 되었던 거 같다. 그 이후 어제보다 조금씩 성장하는 오늘을 보내자는 생각으로 모든 일에 임하고 있다. 12년을 끌었던 업무 자격증도 매일 조금씩 공부하고 도면을 그리다보니 어느새 내 손에 쥐게 되었다. 아마도 이 책의 원고도 지금도 조금씩 매일 아니면 시간이 될 때마다 쓰고 있다. 아마도 또 마치게 되면 한권의 멋진 책으로 나오는 성장의 끝을 볼 수 있지 않을까 한다.

무엇을 하더라도 또 그것을 하다 실패하더라도 묵묵히 조금씩 매일 하면서 나아가 보자. 그렇게 조금씩 한걸음 한걸음 가다 보면 여러분이 원하는 종착지에 도착해 있을 것이다. 물론 한번에 갈 수도 있고, 몇 번의 실패로 돌아갈 수도 있을 것이니 좌절하지 말고, 좀 더 가다보면 반드시 성공의 길이 보일 것이다. 성장을 통한 성공이 진정한 성공이란 걸 깨닫길 바란다.

03

내 꿈을 현실로 만드는 상상력

천번을 외치면 내것이 되고, 만번을 외치면 그대로 이루어진다. –인디언 명언

나는 상상력을 자유롭게 이용하는 데 부족함이 없는 예술가다.
지식은 한계가 있다. 하지만 상상력은 세상의 모든 것을 끌어안는다. –알버트 아인슈타인

한때 《시크릿》책이 전국에 열풍을 일으
킨 적이 있다.

그 책을 처음 접한 것은 20대를 마치고 30살이 되었을때다. 벌써
10년전이다. 그 때는 매일매일 일에 치여서 퇴근하면 술 마시는 일상
이 주된 일과였다. 가끔 답답하면 무슨 책이 있나 서점에 가서 구경만
했고, 아마 나의 일생중 책을 가장 안 읽었던 시기였다. 이 책도 베스
트셀러라 해서 그 당시 같이 근무하던 직원이 추천해 준 책이라서 일
단 제목 자체가 무엇인지 궁금했다. 자신이 원하는 것을 간절하게 원
하는 것을 자기 마음 속에서 생각을 집중하면 현실로 이루어진다는 메
시지가 주된 책이었다. 그 당시에 읽을때는 별로 감흥이 없었고 정말
저렇게 마음 속에서 생각한다고 이루어질까라는 의문만 들었다. 그만

큼 사고의 폭도 좁았고, 늘 부정적인 마인드로 살다보니 아마도 그렇게 느꼈던 것 같았다.

또 일로 인한 스트레스가 많다보니 지인이나 친구들과의 술자리에선 늘 피곤하다고 하면서 "오늘도 그 공무원이 아주 힘들게 해서 하루 종일 머리 아프다. 아 진짜 짜증나고 일하기 싫다!"

"매일 야근하고 철야하고 몸만 축나는 이 생활을 언제까지 할 수 있을까? 우리 엔지니어 수명도 40대 중반이면 끝이라고 하는데, 과연 이렇게 힘들게 일하고 수명도 짧고.. 왜 하고 있는거지?"

"그래도 배운게 이것밖에 없는데 다른 것 하다가 또 실패하면 다시 돌아오면 되지. 안되겠다. 지금 하는 일에 비전이 없는데 지금 당장 때려치고 다른 일을 해봐야겠어!"

이렇게 한숨만 쉬고 계속 이런 식으로만 이야기했다. 이런 일이 몇 번 반복되자 친구 중 한명이 나에게 할말이 있으니 따로 한잔 더 하자고 했다. 원래 남에게 싫은 소리를 잘 하지 않는 사교적인 친구다. 이 친구가 진지하게 충고를 한다.

"야 이 세상에 안 힘든 사람이 어딨냐? 맨날 직장에서 스트레스 받는 거 안 힘드냐? 너만 힘들게 사는 거 아니니까 한 두 번은 괜찮지만 어떻게 매번 만날때마다 그러냐? 다른 친구들도 너 만나기가 싫단다.

맨날 힘들고 죽는 소리 하는데.. 차라리 그러지말고 힘들면 친구들을 만나지 말고 혼자서 좀 해결을 해보던지 아니면 좋은 일이 일어나는 상상이나 생각을 좀 해봐라! 나도 이런 이야기 하는 거 너한테 싫지만 요즘 너 하는 것 보면 좀 지나쳐. 내 말 잘 새겨들어!!"

듣는 내내 처음에 나는 이 친구가 이 힘든 상황을 이해를 못 해 주고 왜 나한테만 뭐라 하는건지 이해가 되질 않았다. 일이 잘 안 풀리니 친한 사람들에게 속시원히 내 속을 터놓고 위로를 받으면 금방 괜찮아지니까 자꾸 기대려고만 했던 것이었다. 곰곰이 생각해보니까 친구 말이 맞았다.

그 이후 한동안 친구들을 일부러 만나지 않았고 피해다니면서 내가 정말 그런 사람이었는지 반성했다. 그리고 정말로 내가 일만 하면서 그냥 직장에서 인정받고 승진만을 바라고 단지 그것만이 목표였는지.. 또 정말로 내가 되고 싶은게 있었는지, 꿈과 목표는 있었는지 또 그것을 정말로 이루기 위해 상상을 해본 적은 있었을까 라는 고민과 의문을 가지게 되었다. 그리고 나서 다시 〈시크릿〉이라는 책을 정독해서 읽어보았다. 내가 원하는 것에 집중하면 현실이 된다는 끌어당김에 대해 아래와 같이 설명하고 있다.

"끌어당김의 법칙은 자연의 법칙이다. 중력의 법칙처럼 사람을 가리지 않는다. 또 정확하고 확실하다. 당신이 불평하는 일을 비롯하여 지금 당신을 둘러싼 모든 것은 당신 스스로 끌어당긴 결과다.

인생의 모든 것을 창조한 주체가 바로 당신이라는 점을 보여준다. 램프의 지니는 단지 당신 명령에 따랐을 뿐. 지니는 바로 끌어당김의 법칙이고, 항상 깨어서 당신이 생각하고 말하고 행동하는 모든 것에 귀를 기울인다. 지니는 당신이 생각하는 것은 전부 소원이라고 가정한다! 말하는 것도 마찬가지다.

행동하는 것 역시. 당신은 우주의 주인이고, 지니는 당신의 종이다. 지니는 결코 당신의 명령에 의문을 제기하지 않는다. 당신이 생각하면, 지니는 당신의 소원을 이루어주려고 곧바로 우주와 사람과 환경과 사건을 움직이기 시작한다."

끌어당김이 효과가 정말 있는지, 내가 정말 저것을 원하면 얻을 수 있는 건지 전혀 이해가 되지 않았다. 그래도 친구의 충고를 들은 게 있다보니 일단 이 책을 한번은 끝까지 정독했다. 그러나 이 책을 읽고 나서도 무엇인가가 끌어당긴다라는 느낌은 받을 수 없었다.

그 이후 힘든 시기에 읽었던 자기계발서에 보면 하나같이 써 있는 내용이 이 상상력의 힘이야말로 엄청나다고 서술하고 있다. 자기가 원하는 목표를 눈에 잘 보이는 곳에 붙이거나 스마트폰 배경에 저장하고 시간날 때마다 보면서 원하는 걸 상상하면 이루어질 수 있다고 한다고 한다. 나도 정말 이게 정말인가 싶어서 내가 원하거나 되고 싶은 항목을 작성하여 매일매일 보면서 마음속으로 원하는 장면을 그렸다. 그러나 조금씩 마음이 편해지긴 했지만 몇 달이 지나도 또 1~2년이 흘러도 내가 원하는 획기적인 변화는 일어나지 않았다. 무엇이 잘못되었을까 하고 또 생각하다가 이 상상력이란 건 그냥 상상력일 뿐이라고 단정짓고 더 이상 뭘 원하는 것에 대해선 생각하지 않았다. 다시 바뀌지 않는 현실 속에서 챗바퀴 굴러가듯 살고 있을 뿐이었다.

이후 부자와 되고 싶어 찾았던 한 부동산 부자 강사의 세미나와 첫 책을 쓰기 위해 참가했던 한 카페의 특강에서 다시 꿈을 현실로 만드는 상상력에 대한 이야기를 듣게 되었다. 정말로 간절하게 원하면 이루어지는 끌어당김과 상상력에 대해서 강조를 해도 지나치지 않을 정도였다. 주위에 강의를 듣는 사람들을 보니 정말 당장이라도 이루어질 것 같은 분위기와 그 에너지에 압도 당할 수 밖에 없었다. 강사가 하라는 대로 눈을 감고 이미 이루어진 것처럼 상상해보라고 하는데, 나도 그날은 이상하게 부자나 작가가 된 듯이 상쾌한 기분을 느꼈다. 강사는 그게 이미 당신은 부자나 작가가 되었고, 이것이 우주에게 명령하여 곧 어떤 형태로든지 나타난다고 했다. 여기까진 필자가 알고 있는 책 속의 이야기일 뿐이라고 속으로 사기라고 생각했다.

하지만 여기서 내가 간과한 점이 발견했다. 그냥 그것이 된다고 생각만 하고 그것이 되기위해 어떠한 노력이나 행위도 하지 않았다는 점이다. 부자가 되려면 부자가 되는 상상을 하면서 그에 해당하는 행위를 해야 하는데, 사고는 부자고 행동은 월급쟁이처럼 하고 있었던 것이다. 작가가 되기 위해서는 무슨 글이라도 쓰고 책도 읽는 노력이나 행위를 해야 하는데, 그냥 조금 *끄적이다가* 나도 작가다 라는 생각만 했었던 것 같다. 그렇다. 가장 중요한 노력과 실행을 하지 않으면서 무언가가 된다고 상상만 했으니 변화가 있을 수 있겠는가?

그래서 몇 번의 시행착오 끝에 일단 그 목표를 정해놓고 미리 그 목표가 이루어진 것처럼 상상하고 실패하더라도 그것을 실제로 이루기 위해 바로 노력하고 실행하는 것이다. 첫 개인저서를 쓸 때 이것대로 해보기로 했다. 일단 내 첫 개인저서가 출판되어 서점에서 독자들이 사는 상상을 먼저 하면서 매일 조금씩 원고를 썼다. 그리고 원고가 하나씩 쌓일 때마다 이미 난 작가다 이왕이면 베스트셀러 작가라고 계속 상상을 했다. 이후 초고를 완성하고 탈고를 하면서 출판사를 알아보는 데는 애를 먹었지만 계속 작가가 되는 꿈을 현실로 된다는 상상을 하다 보니 정말로 내 책을 원하는 출판사를 한곳을 찾아서 결국 내게 되었다. 그 동안 믿지 않았던 시크릿의 힘을 한번이라도 경험해 보았으니 참 신기했다. 이후 어떤 목표가 생기면 일단 이미 이루어진 것처럼 상상을 하고 그에 따른 실행을 하면서 진행하다 보니 이루어지는 일이 많았다. 그러고 보니 아내를 처음 만났을 때 딱 보고 결혼하면 좋겠다고 생각했다. 결혼해야 할 여자로 생각하고 행동하고 하다보니 우여곡절도 있었지만 1년만에 결혼했던 경험도 상상력의 힘이 컸다. 그리고 가장 중요한 것이 이미 이루어진 것을 상상할 때 감사하는 마음도 중요하다는 것이다. 좋은 생각을 하면서 그 좋음에 대해 감사한 것이 전제가 되어야 상상하는 힘도 잘될 수 있도록 우주가 도와주는 것이 〈시크릿〉이 주는 책의 비밀이었다.

오늘이라도 무엇인가를 원하거나 잘되지 않는다고 생각이 들면 일단 눈을 감고 천천히 그 목표가 이루어진 것처럼 감사하면서 상상을 하면서 간절하게 원해라. 그 후 그 목표를 실제로 이루기 위한 실행을 하면서 노력도 함께 기울여라. 그리고 계속 넘어지고 실패하더라도 끝까지 이루어진 것처럼 상상하며 하다보면 끝내 해낼 수 있을 것이다.

04

1승 99패 (한번의 성공을 위한 아흔 아홉번의 실패)

나는 성공하는 횟수를 늘리기 위해서는 그만큼 실패하는 횟수도
많을 수 밖에 없는 것을 배웠다.
어떤 성공이든 가치가 있는 것은 100단으로 된 사다리와 같다.
사다리 한 중간에서 꼭대기까지 오르려고 발버둥쳐도 아무 소용없다.
바닥에서부터 한번에 한 계단씩 차근차근 밟아 올라가야 한다.
99개의 계단에 오르기까지 한발 한발 내딛을 때마다 느끼는 현기증이 소위
우리가 말하는 실패이다. 하지만 그때마다 정상에 오르겠다는 각오로써
그 고통을 참아내는 사람만이 성공할 수 있다.

−하비 맥케이 (미국 작가)−

어릴 때부터 필자는 결혼은 무조건 해야한다고 생각했다. 그것도 나이 32살 전엔 어떻게든 배필을 만나서 결혼을 해야 한다라는 고정관념을 가지고 있었다. 2009년이면 32살이 되니 결혼을 해야 나이로 보나 남은 인생의 미래계획을 세울 수 있지 않을까라는 막연한 기대를 가지고 있었다. 20대 이후로 여러 번의 연애를 거치면서 29살에 큰 상처를 겪고 나서 한동안 방황하다가 30살이 되자 조바심이 일어났다.

아직 결혼하지 않은 친구들은 왜 그렇게 급하게 서두르냐면서 네

인생을 즐기라고 했지만, 나는 나만의 인생 계획이 있다고 반문하면서 결혼할 여자를 찾았다. 29살 막바지부터 지인들을 통한 소개팅도 요청하여 몇 번의 만남을 가졌지만 잘 되지 않았다. 보통 소개팅은 지인들이 먼저 할 사람에게 할 의향을 타진하고 허락하면 성사가 되곤 하는데, 나는 거꾸로 지인들에게 오히려 부탁을 하여 해달라고 요청했다. 그럴 때 마다 지인들은 "너같은 놈은 처음 본다. 자발적으로 소개팅을 해달라고 직접 말하는 게 쉬운게 아닌데... 왜 요즘 여자친구가 없어 외롭냐?" 하며 그래도 주위에 알아본다고 처음에는 거절하지 않았다.

그러다가 한두번 해주다가 잘 안되면 해주는 주선자 쪽에서도 네가 문제가 있는 거 아니냐는 식으로 생각하니 부담스러워 다시 해주지 않은게 당연하다.

아마 이 시기에 소개팅은 10회 이상은 다 실패로 끝이 난 걸로 기억한다. 첫 만남에 내가 마음에 들어서 대쉬했지만 상대방이 마음에 들지 않아 끝난 적도 있고, 거꾸로의 경우도 있었다. 둘 다 처음에 호감이 가서 몇 번 데이트를 했지만 하면서 또 마음에 들지 않는 태도 같은 것이 보여서 끝나는 경우도 있었다.

제일 황당한 했던 적은 선배가 소개해준 연하의 유치원 선생님과의 소개팅이었다.

예전과는 달리 요즘엔 상대방의 전화번호를 주선자가 알려주면 연락을 해서 일대일로 만나서 진행한다. 선배에게 그 선생님의 연락처를 받아 언제 만날지 약속을 정하기 위해 연락을 했다. 일단 문자로 언제가 괜찮은지 물어보고 적당한 날짜를 잡았다. 원래 만나기 전까지 통화를 하는 건 좀 실례인 거 같아 전화통화는 만나고 하는게 예의라고 알고 있다. 그러나 이 상대방 선생님은 만나기도 전에 통화를 하자고 해서 일단 통화를 했다. 의외로 청아한 목소리가 나도 싫진 않았다. 이래저래 전화하다 보니 첫 통화시간에 30분을 넘어갔다. 아직 교제하지도 않고 본적도 없는 사람과 30분 이상 통화를 하다니! 그래도 이렇게 통화하니까 만나면 좀 덜 어색하진 않겠다고 생각했다.

그녀를 만나려고 한 날이 일주일 뒤였다. 일주일 동안 퇴근하면서 그 선생님과 매일 30분 이상 통화를 했다. 그냥 일생생활 이야기 하면서 서로 취미등에 관심사를 물어보았다. 사실 소개팅 당일날 만나서 물어보고 할 이야기를 통화로 다 해버린 셈이다. 그렇게 만나기 전날까지 일주일을 통화하고 나니 그녀가 무엇을 좋아하고 어떤 관심사가 있는지 조금은 알게 되었다. 그래서 만나는 당일은 잠실 롯데월드를 가자고 해서 일단 직접 보는 건 처음이니까 잠실역 커피숍에서 먼저 보기로 했다. 그리고 준비를 하고 가는 지하철 안에서도 통화를 하면서 장소로 갔다. 먼저 와 있다고 해서 통화를 끊고 커피숍으로 가니 긴 머리에 좀 세련된 스타일을 한 여성분이 앉아 있었다. 그녀를 보고 난

반갑게 인사를 하면서 "안녕하세요, 처음 뵙겠습니다."라고 했다. 그녀가 나를 보자마자 당황하는 눈빛이 역력했다.

인사를 받는 둥 마는 둥 하더니 갑자기 필자에게 "아 제가 다른 약속이 있어서 먼저 가봐야 할 것 같아요!"이러면서 나가는 것이다. 순간이 상황은 뭐지 하며 필자도 엄청나게 당황하면서 황당했다. 나가는 그녀를 보고, 그래도 커피 한잔은 하고 이야기 좀 나누자고 했더니 자꾸 선약이 있다고 나간다는 것이다. 원래 눈치가 없는 편이라 그 뜻을 처음에 캐치를 못했다. 그제서야 직접 보니 내가 마음에 안 드는구나라고 판단이 섰다. 나가는 그녀 뒷모습을 보고 쓴웃음이 나왔다. 일주일동안 내가 했던 그 다정한 통화는 대체 무엇이었는지...

그 뒤로도 엄청나게 여러 번의 소개팅에서 실패했다. 더 이상 해줄 지인들이 없었다. 그래도 배필을 만나기 위한 단 한번의 성공을 위해서 다른 방법을 찾기 시작했다. 그렇게 해서 찾은 것이 온라인상에 있는 매칭사이트였다.

온라인상의 매칭사이트는 사이트에 정보를 올려 놓은 여러 명의 상대를 보고 맘에 드는 사람이 있으면 클릭하여 쪽지를 보내거나 연락처를 받아서 상대방이 허락하면 날짜를 잡아서 만나는 방식이었다. 처음 가입하고 나서 맘에 드는 4살 연하의 상대가 있어서 쪽지를 보냈다. 하루 뒤에 만나자는 답장이 와서 연락처를 교환하고 일주일 뒤에 보기로 했다. 장소는 서울 영등포역 뒤 상업지구 쪽으로 저녁에 만나기로 약속을 정했다.

일단 지난번과 같은 실패를 하지 않기 위해 철저하게 문자 위주로 약속만 정한 뒤 직접 만나서 이야기 하는 정공법을 택하기로 했다. 일주일 뒤 그녀를 영등포역 맥주집에서 만났다. 처음 보자마자 술집으로 가는 것은 이상하지만 맥주를 좋아한다는 그녀 말에 나도 흔쾌히 허락을 했다. 그 당시에도 술을 많이 먹던 시기이기도 했지만, 처음 보는 상대와 술을 먹는다 것이 좀 부담스럽긴 했다.

간단히 인사를 하고 2~3시간 정도 맥주를 마시면서 이런저런 이야기를 했다. 어디에 사는지, 무엇을 좋아하는지등 이런 간단한 호구조사 이후 연극과 영화를 좋아한다는 하여 첫 번째 만남은 다음에 영화를 보러가자는 괜찮은 마무리로 끝을 냈다. 이후 몇 번의 만남을 거쳐서 영화도 보고, 소극장 연극도 보았다. 성격이나 외모도 괜찮았는데 그녀에겐 나쁜 버릇이 있었다. 만나서 단 한번도 돈을 쓰지 않는 것이었다. 원래 나는 내가 좋아하는 상대방에게 돈을 쓰는 것은 아깝지 않다는 주의였지만, 그래도 이번에 만난 그녀는 너무 심했다. 보통 남자가 2~3번을 사면 커피라도 한잔 사주는게 예의인데, 그녀는 아예 나를 만나러 나오면 지갑은 아예 두고 나오는 것 같았다. 연극을 보고 나서 저녁을 먹고 나오는 데도 여전히 가방만 들고 가게를 먼저 나가는 것이었다. 일단 계산을 하고 필자도 못 참아서 그녀에게 "어쩌 너는 나

만날 때 한번도 뭘 먹든지 하든지 돈을 낸 적이 없냐?"고 했더니 "나 지금까지 전에 만났던 남자들이 다 계산했는데?"이런 답변이 돌아왔다. 어이가 없었다.

내가 재벌만 만났냐고 했더니 그렇다는 그녀의 답변에 너무 어이가 없어서 그냥 꺼지라고 하고 집에 와 버렸다. 그녀에게 계속 전화가 오는데, 받질 않았다. 성격상 솔직히 필자는 먼저 차인 적이 많은데 내가 차본 친구는 그녀가 두 번째였다.

이후 매칭사이트에서도 한명의 여자와 몇 개월 교제한 걸 빼면 백전백패였다. 그후 단체로 미팅을 하는 사이트에도 가입하여 친구, 지인과 함께 몇 번 참가한 적이 있다. 남자와 여자가 30명씩 신청을 하여 신청한 당일 저녁에 맥주집을 하나 빌려서 거기서 단체 미팅을 진행하는 식이다. 4명씩 앉는 테이블에 남녀 2명씩 앉아서 일단 그 테이블끼리 팀이 된다. 처음 보는 사이니 당연히 처음 오면 어색할 수 밖에 없다. 이 어색함을 없애기 위해서 테이블끼리 빙고게임등 간단한 레크레이션을 한다. 게임을 하다보면 같은 테이블에 있는 사람들은 어느새 좀 친해져서 서로 말을 한다. 그 이후 테이블마다 남자들이 돌면서 5분간 거기에 참석한 여성분들과 이야기 한후 느낌이 괜찮다 하는 사람을 생각한 후 마지막에 서로 지정하면 커플이 되는 방식이었다. 5~6번 참석을 했었는데, 싫다고 데려간 지인은 여기서 배필을 만나 1년 연애 뒤 결혼했다. 필자도 1번 정도 성공하여 몇 번의 만남을 이어갔지만 결국 실패로 끝나고 나의 30살 겨울은 그렇게 지나갔다.

31살이 되고 나선 일이 너무 바빠서 2~3번의 소개팅을 상반기에 했지만 다시 실패로 끝났다. 자꾸 그렇게 되니 의기소침해져서 다시는 여자를 못 만날거 같은 생각이 들었다. 그러다가 이직 후 아는 동생의 소개로 지금의 아내를 만나게 되었다. 아내와는 처음 만날때부터 느낌이 좋아서 이야기도 잘 통하다 보니 매일 만나게 되었다. 집은 서로 반대편이었지만 회사가 한 블록 차이다 보니 야근하더라도 늦게 잠깐 만날 수 있었다. 3번째 만난 날 고백을 하고 1년 연애 후 그렇게 외치던 32살 가을에 결혼을 하게 되었다. 1번의 성공을 위해 정말 99번의 실패를 딛고 이루어 낸 솔직한 후일담이다.

일의 성공이든지 어려운 시험에 합격하거나 천생 배필을 찾는 작업이라면 한 번의 성공을 위해서 99번의 실패는 감수하면서 나아가는 것이 맞다. 본인이 꼭 이루고자 하는 게 있다면 실패하는 고통도 감내하고 계속 시도하다보면 마지막 한 계단을 올라갈 수 있을 것이다.

05

너무 늦어 못할 일은 없다

나이가 들수록 해보지 않았던 것에 대해서만 후회한다는 것을
발견하게 될 것이다. –제커리 스코트

낭비한 시간에 대한 후회는 더 큰 시간 낭비이다. –메이슨 쿨리

가끔 놀러가는 이창현 교수님 블로그
에서 이런 글을 본 적이 있다.

"대학에서 학생들을 가르치게 되었을 때 일이다. 수업시간에 할머
니가 한 분이 앉아 있었다. 그 학생의 이름은 이영주, 학생들은 이모님
이라고 불렀다. 나도 호칭을 학생들과 함께 이영주 이모님이라고 불렀
다. 이영주 이모님은 69세의 나이로 대학에 입학했다. 이영주 이모님
이 호텔항공관광과에 입학한 이유는 문화해설사가 되고 싶어서였다.
그리고 이모님 2학년(70세)때 내 강의를 들었다 한 학기 동안 젊은 학생
들보다 출석률이 높았고 수업에 임하는 열정도 높았다.

졸업한 다음 해, 〈EBS 아름다운 소원〉에서 문화해설사가 되고 싶
다던 꿈을 이뤘다. 그녀는 지금도 문화해설 및 복지관에서 일본어와

영어를 가르친다. 그녀를 보면 이런 생각이 들었다. '인생은 어느 순간에서 다시 시작할 수 있고 너무 늦어 못할 일은 없다'라는 것을 느꼈다."

 몇 개월 전 모 프로그램에서 "90세 할머니의 위대한 도전"이란 제목으로 한 할머니의 사연을 시청한 적이 있다. 우리나이로 90세이신 할머니는 2~3년전부터 영어를 완전히 마스터하시려고 매일 4~5시간씩 영어를 쓰고 읽고 한다. 무조건 읽어보고 쓰고 가끔 밖으로 나가셔서 원어민을 찾아 대화를 시도하는 모습등이 어느 젊은이 못지 않은 의욕과 열정이 있었다. 제작진이 할머니에게 고령의 나이에 이렇게 사는 것이 힘들지 않냐라는 질문에 "힘들다고 말할 수 없죠. 하다 보면 굉장히 행복감을 느끼게 되요."라고 웃으시면서 다시 공부를 한다. 더 놀라운 건 밖으로 나가실 때 직접 차로 운전을 한다. 운전도 자동이 아닌 스틱을 직접 조작하는 수동운전을 능수능란하게 한다. 자식들을 다 키운 70세이후부터 본인이 하고 싶은 것에 도전을 하고 싶었다는 할머니께서는 운전과 영어를 정복했고, 지금은 피아노를 잘 치기 위해서 준비중에 있다고 한다.
 마지막 할머니의 말씀이 역시 연륜을 느끼게 해 준다.
 "운전도 상관없고, 영어도 상관없어요. 하고 싶은 의지만 있으면 안되는 게 없어요. 내가 죽기 전에피아노도 배우고 영어도 배우고 운전도 하고 싶었어요. 그래서 살아있는 오늘부터 지금 시작했지요. 오늘은 선물이고, 어제는 역사였고, 내일은 알 수 없다는 말처럼 그런 마음으로 오늘을 선물같이 소중히 생각해서 열심히 살면 충분히 못 해낼 게 없습니다. 너무 늦었다고 다 못하는 건 아니니까요."

말씀 자체로 너무나 대단하시고 배울 게 많다고 생각이 들었다.

내 어머니께서도 책을 늘 가까이 하시고 무엇인가를 배우는 걸 좋아했다. 그러나 아버지와 나, 동생 뒷바라지하시느라 젊은 시절에 뒷바라지 하시느라 좀처럼 기회가 없으셨다가 우리가 좀 크고 나서 서예를 본격적으로 배우시기 시작했다. 꾸준하게 연습하시면서 모든 서체를 통달하시고 크고 작은 대회에 나가서 입상도 했다. 60대 중반이 되신 지금도 어머니는 꾸준히 노래교실과 등산등 젊은 시절에 해 보지 못한 새로운 것에 도전을 하면서 즐기고 계신다.

위의 사례나 가까이서 본 어머니를 보더라도 하고 싶거나 꿈을 이루는 데 있어서 나이는 상관없다고 본다. 언제 시작하든지 본인의 열정과 의지만 있으면 시작할 수 있다. 어릴 때부터 그 나이가 되면 꼭 그것을 해야 한다는 강박관념이 있었다. 20살에 대학을 꼭 가야 했고, 21살~22살 시절에 군대를 꼭 가야 했으며, 27살 전후로 취업은 꼭 해야한다고 생각했다. 그리고 30대 초에 결혼도 꼭 해야 내 인생이 다

풀릴 것처럼 생각했다. 이런 것들이 너무 늦게 이루어지면 내 인생은 실패라고 생각했다. 조금만 지체되어도 그것에 대한 스트레스가 상당했다. 32살에 결혼하고 나서 후에 힘든 시기를 거치면서 책을 읽고 이 생각이 얼마나 잘못되었는지 깨닫게 되었다. 필자는 세상이 만들어준 기준에 의지하여 살아왔던 것이다. 몇 살에는 뭘 해야 하고 그 나이가 지나서 못하면 평생 못하는 것처럼 세상 사람들이 살면서 만들어 놓은 일반적인 규범에 갇혀서 말이다.

주변 친구들이나 지인을 보더라도 늦게 시작하더라도 오히려 잘 되는 경우가 많았다.

대학을 삼수해서 들어가서 군대도 조금 늦게 가고 3년의 공무원 시험을 거쳐서 30대 초반에 꿈을 이루고 잘 살고 있는 고등학교 친구도 이제 불혹이 된 지금 결혼을 앞두고 있다. 그 친구도 가끔 만나서 이야기를 나누어보면 본인도 20대 후반 나이에 아직 학교에 다니면서 공무원 시험을 준비하면서 주위 친구들은 다 취업하는데 부럽기도 하고 불안한 내 미래는 어떻게 될까 하면서 초조해 했다고 한다.

하지만 늦더라도 자기만의 방식대로 꾸준히 하다보니 지금 나이에 와선 다 똑같이 느껴진다고 했다. 맞는 말이다. 나는 정석대로 인생을 살아오면서 제때 다 한 것이고, 친구는 조금 늦은 것 뿐이다. 자기가 맞다고 판단되면 늦더라도 못할 것은 없고, 준비만 잘하면 다 이룰 수 있다고 하며 서로 공감했다.

  30대 초반 대리시절에 바로 윗 상사였던 누님도 위에서 언급한 세상이 정한 기준대로 살아오시지 않고, 늦더라도 자기만의 의지와 열정으로 인생을 개척했다. 상업고등학교를 졸업하고 한 회사의 경리업무로 취업하여 일을 하시다가 평생을 이렇게 살 수 없고, 하고 싶은 것을 찾아서 다시 본인 인생을 바꿔보기로 결심하셨다고 한다.

  이후 다시 대입수능시험을 준비하여 대학에 들어가서 열심히 공부를 하고, 남자들이 많은 엔지니어링 회사로 취업을 하셨다. 내가 하는 이 일 업계 특성상 밤샘도 많고, 출장도 많아서 지금은 인식이 많이 달라졌지만 신입사원때만 하더라도 여자는 오래 일을 할 수 없다라는 게 불문율이었다. 그러나 누님은 당당하게 실력으로 남자들과 경쟁하면서 누구보다도 열정적으로 일했다. 이후 업계의 최고 자격증이라 일컫는 기술사도 남들보다 빨리 취득하여 지금은 자기만의 업체 사장님으로 있다. 남들보다 늦게 다시 출발했지만 누구보다도 멋진 인생을 살아가고 있다.

  《하버드 새벽 4시반》에서 저자 웨이슈잉도 너무 늦게 시작하더라도 다 이룰 수 있다고 하며 이 예시를 역설하고 있다.

  "암만이라는 건축가가 있었다. 그는 반평생을 뉴욕 항만공사에서 근무했고, 은퇴할 나이가 되자 이 직장에서 나와야 했다. 그는 은퇴하고 나서도 역사에 남을 건축 작품을 만들어내고 싶은 꿈을 포기하지 않았다. 그리고 나서 얼마 지나지 않아 스스로 건축회사를 세우고 세계 각지에 멋진 건축물들을 짓기 시작했다. 사실 늦은 나이에 하기에는 너무 힘든 프로젝트들이었을 수도 있지만, 암만은 마치 이제 갓 스무살이 된 청년처럼 혈기왕성하게 뛰어다녔다. 나이가 들었다는 생각 따위는 전혀 하지 않았다.

일단 목표를 세우고, 그에 따른 실행 계획을 세운 그는 즉시 행동에 옮겨 세계 각지에 자신이 설계한 건축물들을 세우기 시작했다. 그러다 보니 30년이 넘도록 예전 직장에서는 하지 못했던 대담하고도 창의적인 시도를 하면서 건축사에 기적으로 불리는 작품들을 하나하나 완성해 나갔다.

워싱턴의 덜레스 공항과 에티오피아 수도 아디스아베바 공항, 피츠버그 중심가의 건축물등에 이르기까지 현실로 만들어냈다. 그리고 마침내 86세에 뉴욕 베라자노내로스교를 성공리에 준공했는데, 그의 마지막 작품으로 오늘날 가장 긴 유료 현수교로 알려져 있다. 나이가 들어서도 사랑하는 일을 포기하지 않았던 암만의 인생과 행동력에 관한 이야기다. 서른살 전후 밖에 되지 않았으면서도 나이를 탓하며 자신이 하고 싶은 공부를 시도하지 않는 청년들이 이 이야기를 듣는다면 무슨 생각을 할까?"

이제까지 정석대로 살아온 필자도 불혹이 된 이 나이에 이젠 새로운 것에 도전을 해보려 한다. 예전에는 나이를 탓하며 이젠 할 수 없다라고 생각했지만, 이제는 나이는 상관없이 무엇이라도 지금부터 본인의 의지와 열정만 있으면 시작할 수 있다고 확신한다. 필자의 새로운 도전은 이제 꾸준히 글을 쓰고 책을 내는 작가의 길과 남들에게 동기부여도 하고 강의를 하는 강연가의 삶 그리고 정말 좋아하는 노래도 제대로 배워 40대에 가수로 무대에 데뷔하는 것이다. 아마 필자가 하고자 하는 의지만 있다면 언제 시작하더라도 이상하지 않을 것이다. 위에서 언급한 여러 사례를 보고나서도 아무 감흥이 생기지 않는가? 너무 늦어 못할 일은 없다. 지금이라도 하고 싶은 게 있으면 도전하는 삶으로 바꿔보기 바란다.

"한 송이 꽃을 피우기 위해서는"

꽃을 피우기 위해서는 수천번 수만번의 흔들림과 시도가 있어야 한다.
씨앗을 뿌려서 땅에 뿌리를 내리고 자라기 위해서는 맑은 날 햇빛을 보기도 하지만,
비바람과 마주쳐서끊임없이 흔들릴 때도 많다.

42.195km를 뛰는 마라톤은 흔히 인생에 비유하곤 한다.

긴 구간을 뛰는 사람들은 자기 한계에 도전하여 달리고 멈추고 달리고 멈추고를 반복한다.

처음에는 잘 뛰다가 힘들면 걸어가거나 좀 쉬기도 하고, 다시 뛰기 시작한다. 그래서 우리 인생도 이렇게 잘 뛰는 구간도 있고, 잘 안되어 쓰러지는 구간도 있으며, 잠시 쉬어가는 구간도 있다.

구간마다 차이는 있겠지만 잘 안되어 쓰러지는 구간이 더 많다고 생각한다.

초반에 빨리 달려서 잘 나간다 하더라도 지치는 것도 빨리 지치는 것처럼 인생도 초반에 잘 나간다고 부러워할 필요가 없다. 언젠가는 실패도 할 수 있는 가능성도 빠를 수 있기 때문이다. 또 천천히 뛰면서 멈추기도 하고 지치기도 하지만 꾸준하게 조금씩 간다면 조금 늦더라도 결승선에 도착할 수 있다. 인생이라는 구간 안에서 몇 번의 실패를 하더라도 결승점까지 간다고 보면 그것은 하나의 과정일 뿐이다.

한 송이 꽃을 피우기 위해서는 수천번 수만번의 흔들림과 시도가 있어야 한다.

씨앗을 뿌려서 땅에 뿌리를 내리고 자라기 위해서는 맑은 날 햇빛을 보기도 하지만, 비바람과 마주쳐서 끊임없이 흔들릴 때도 많다. 화가들이 한 그림을 완성하기 위해서는 수천번 수만번의 손이 떨리는 작업을 거쳐야 그 끝을 볼 수 있다. 이처럼 무언가를 하나 완성하기 위해서는 딱 한번에 되는 경우는 거의 없다. 시도를 계속하면서 몇 번의 실패를 겪고 또 해보고 도전해야 그제서 하나가 완성되지 않을까 싶다.

지금까지 이루어 놓은 것은 많지 않지만, 그래도 실수와 실패를 겪으면서 하나 하나 완성해온 성과들은 그 어떤것과 비교할 수 없는 나에게 소중한 경험이자 자양분이 되었다.

아직 끝나지 않은 내 여정에 하고싶고 갖고싶고 되고싶은 것들이 더 많아지고 있다. 아마도 이런 것들이 많아지면 많아질수록 나의 시도와 도전은 더 많을 것이다. 많아질수록 실패의 횟수도 많아질 것이다. 그러나 이젠 예전처럼 두렵거나 겁이 나진 않는다. 몇 번의 실패를 겪고나서라도 그 안에서 내가 할 수 있는 방법을 찾아서 다시 도전한다면 언젠가는 꼭 이루어질 거라는 것을 알고 있기에...

이 조그만 책이 당신의 실패도 하나의 소중한 경험이자 긴 인생에서는 하나의 과정이라는 걸 알려주는 길잡이가 되어주고 싶다.

저자 **황상열**